U0750530

编委会

名誉主编：丘树宏

主　　编：王晓波　考振柱

顾　　问：（按姓氏音序排列）

胡　弦　黄礼孩　霍俊明　李少君　李　云

梁　平　刘　川　刘向东　潘红莉　丘树宏

商　震　吴思敬　谢　冕　杨　克　杨匡汉

杨庆祥　叶延滨　臧　棣　张德明　张新泉

编　　委：（按姓氏音序排列）

何中俊　洪　芜　黄廉捷　梁雪菊　刘洪希

龙　威　罗　筱　罗子健　王捍红　王晓波

徐　林　徐向东　徐秀玲　杨万英　于芝春

章　晖　郑玉彬

中山现代诗选

2000—2020年

王晓波　考振柱　主编

暨南大学出版社
JINAN UNIVERSITY PRESS

中国·广州

图书在版编目（CIP）数据

中山现代诗选：2000—2020 年/王晓波，考振柱主编. —广州：暨南大学
出版社，2020. 12
ISBN 978 - 7 - 5668 - 3101 - 9

Ⅰ. ①中⋯　Ⅱ. ①王⋯②考⋯　Ⅲ. ①诗集—中国—当代　Ⅳ. ①I227

中国版本图书馆 CIP 数据核字（2020）第 253425 号

中山现代诗选（2000—2020 年）
ZHONGSHAN XIANDAI SHIXUAN（2000—2020 NIAN）
主　编：王晓波　考振柱
··

出 版 人：张晋升
策划编辑：杜小陆
责任编辑：黄志波　陈俞潼
责任校对：张学颖　黄晓佳
责任印制：汤慧君　周一丹

出版发行：暨南大学出版社（510630）
电　　话：总编室（8620）85221601
　　　　　营销部（8620）85225284　85228291　85228292　85226712
传　　真：（8620）85221583（办公室）　85223774（营销部）
网　　址：http://www.jnupress.com
排　　版：广州良弓广告有限公司
印　　刷：佛山市浩文彩色印刷有限公司
开　　本：787mm×1092mm　1/16
印　　张：21.5
字　　数：385 千
版　　次：2020 年 12 月第 1 版
印　　次：2020 年 12 月第 1 次
定　　价：89.80 元

（暨大版图书如有印装质量问题，请与出版社总编室联系调换）

内容简介：

《中山现代诗选（2000—2020年）》收录了自2000年以来"中山诗群"在全国各地发表的近三百首诗歌作品。这些诗歌作品五彩纷呈，不同的作者、不同的表现方法、不同的艺术风格和不同的审美个性相兼容，传统与先锋并存，共同表现出中山诗人热爱生活、热爱时代和珍重自我的情愫。"中山诗群"是一个生机勃勃的诗歌群体，以崭新的姿态站立在中国诗坛的前沿。中山诗人坚持以人民为中心的创作导向，他们的诗歌作品具有独特的地域性和时代特色。

名誉主编简介：

丘树宏，广东省政府文史馆馆员，广东省作家协会副主席，中山市政协原主席，中国作家协会会员，西南大学、华南理工大学、广东外语外贸大学兼职教授。已出版个人诗集10部，人文社科著作9部。曾获《诗刊》诗歌奖、《文艺报》征文奖、《文学报》征文奖、中国最佳诗集奖、《芒种》年度诗人奖、郭沫若诗歌奖、广东省"五个一"奖和鲁迅文学艺术奖等。

主编简介：

王晓波，中山市诗歌学会主席、中山市文联主席团成员、《香山诗刊》主编。著有诗集《山河壮阔》《骑着月亮飞行》《雨殇》《银色的月光下》《生命·情感》等，主编文学作品《那一树花开》《诗"歌"中山》等13部。曾获人民日报社作品奖、广东省有为文学奖、中山市优秀精神文明产品奖等多种奖项。有大量文学作品在《人民文学》《中国作家》《诗刊》《人民日报》《诗选刊》《青年文摘》等刊物发表。

考振柱，中山市火炬开发区宣传办常务副主任、文体教育局常务副局长、文联常务副主席。负责宣传、精神文明建设、文体教育、旅游等工作，分管业务工作先后获得全国精神文明单位、全国基层数字文化建设示范点、广东省公共文化服务体系示范区、中山市文化强区等荣誉。

序 诗

丘树宏

之一：香山

你是我心中的花，
是五桂山鲜艳开满坡。
亿万年的沧海桑田，
依然收获着天地硕果，
美丽长成一方水土，
芳香飘成一个传说。

你是我心中的香，
是白木香风雨唱成歌。
一次次的坎坷苦难，
依然孕育着精华婆娑，
薪火点燃灵魂绝唱，
青烟走进生命江河。

你是我心中的佛，
是贞观年点燃的香火。
一年年的阳光雨露，
依然萦绕着日月蹉跎。
晨钟敲醒岐江炊烟，
暮鼓敲响南海渔歌。

啊，香山，香山，
你是我永远的家乡，
你是我灵魂的寄托。

之二：中山是座山

中山是座山，
美丽五桂山，
俯瞰伶仃洋，
花香千里远。

中山是座山，
古代名香山，
人文咸淡水，
珠江唱岭南。

中山是座山，
伟人孙中山，
振兴中华梦，
点亮一片天。

中山是座山，
小城大中山，
百姓勤创业，
沧海变桑田，
天时地利人和美，
你我幸福好家园。

目 录 contents

卷 一

我多想像大海的浪花一样

于芝春

于芝春，广东省作家协会会员。著有诗集《梦缘》《于芝春短诗集》《中山月历》，散文集《寂寞让我如此美丽》，散文诗集《听，风吹过的声音》《不老的幸福》。作品入选2013年、2016年《中国散文诗年选》。

我坚持我是诗人

我坚持我是诗人
虽然诗的天空雷鸣电闪
口水诗被口水淹没
几只爬虫发出末日的哀叹
我依然坚持
因为诗是我灵魂的触角

我坚持我是诗人
虽然诗的前路曲折多棘
大众的宠儿也好小众的狂欢也罢
直指人心也好矫饰抒情也罢
我依然坚持
因为诗是我思想的旗帜

我坚持我是诗人
虽然诗的舞台精彩纷呈
有人剥去诗的外衣
赤裸裸直面人生
有人抛弃诗的尊严
卑躬屈膝乞求一分名利
我依然坚持
因为诗是我生命的风骨

（原载《诗歌月刊》2010年第3期）

卖力气者

从清晨到傍晚
他们都坐在我家小区外的台阶上
等待有人购买他们的力气

他们闲聊消遣
抽着气味难闻的香烟
每天，我都从他们身边经过
你若是看看他们
他们便充满希望地与你对视
看你是否想起他们的力气

偶尔有部货车在他们身边停下
便是一拥而上
随后有几位满脸笑容
坐上车后箱呼啸而去
剩下的人重新坐回台阶
继续用充满希望的眼神望向你

似乎并没有多少人想起他们的力气
可他们依然抽烟闲聊
快活地大呼小叫
几米外，就是马路边缘
垃圾桶的气息
蕴含着许多盎然生机

（原载《诗歌月刊》2010 年第 3 期）

时光深处的故乡

我知道
故乡距我已经越来越远
一些景物正渐渐荒芜
我已说不清那些梦中摇曳的影
是走失在时光深处的"驷马拖车"
还是在"直古"的牌匾下
听外公一遍遍诵诗读词的童年

如果这些都和往常一样
我会看见
报德祠内一身正骨的侍御父子
助学育才赈济免赋
名望尊崇为百姓感恩奉祀

总是在傍晚的时候
想起炊烟的温暖
想起被小巷的琴声
惊飞的檐前雀鸟
鸽子们盘旋在欧式屋顶上方
百叶窗下
茉莉花正悠然呼吸着海风

如果这些都和往常一样
我还会看见
慈祥的外婆着一身素褂
倚在古厝的门栏
在晚风里喊出我的乳名
那颤巍巍的南音
一直向着四十年后蔓延

我们在路上

风摇着水
你看那没有方向的船舶
好似游子在异乡
路、车站和码头
听不懂的南腔北调
纷繁嘈杂
二月大雾遮住了奔波的脚步
只嗅得南国咸咸的水香

布谷鸟在深梦中叫了
满足饥饿的小麦
在天际闪耀着穗的光辉
把故乡还给远方
思念是我们唯一的花朵
电话里声声呼唤着爹和娘啊
那只属于我们的船
永远飘飘荡荡靠不了岸

走过车站走过码头
走过了别人的城市乡村
我们在路上
倾听着自己的足音
犹如一把疲惫的吉他
弹着流浪的歌

（原载《诗选刊》2008 年第 10 期）

小　说

合上书本
一棵椰香迎风而立
表情错愕的小说
停在第二十八页
故事转身
走进起雾的镜子

没有理由
却怎么也读不下去了
落叶般飘零一地的往事
谁先发现
它一脸羞红逃避不及的可怜样

已经健忘成书签的红叶
如何记得谁
是从记忆深处伸过来的
那只荒芜的右手

（原载《作品》2007 年第 11 期）

家 厝

爱奥尼克式的门柱修得很高
目光一探
满手都是故乡湿润的羽毛
燕子　三月的儿子
额头和椰风齐长
飞了一春
一春的梦
总在家的屋檐盘绕

思念在浪尖颠了几颠
又在风中晃了几晃
依旧保持家的方向
依旧飘溢茉莉花的清香
皱纹和苍发
固守额前倾听水的诉说

蹒跚的青石老街
飘满雨丝
祖母的小脚印
从千年不断的南音
走向芭蕉滴雨的惠安城

一滴雨等于一次生命
一次生命的重量
抵不过雨打风吹
即使我的思念枯萎断落
家和亲人
也是我最后的一笔激情

（原载《诗林》2015 年第 1 期）

王晓波

王晓波，中山市诗歌学会主席、中山市文联主席团成员、《香山诗刊》主编。著有诗集《山河壮阔》《骑着月亮飞行》《雨殇》《银色的月光下》《生命·情感》等，主编文学作品《那一树花开》《诗"歌"中山》等13部。曾获人民日报作品奖、广东省有为文学奖、中山市优秀精神文明产品奖等多种奖项。

菩 萨

乡间千年传说，到禅城祖庙祈福
能给五行缺水的人添福消灾

返乡前，母亲诚心去了一趟祖庙
添了香油请了开光佛珠

念珠至今在我手腕，已近十年
串联念珠的绳子断了数次

每次我将这念珠串起佩戴手腕
总觉自己被一尊菩萨搀扶

（原载《诗刊》2016年第8期；《乾坤诗刊》2016年夏季号；《诗选刊》2018年第2期；《中国当下诗歌现场》，现代出版社2016年版；《2017天天诗历》，中国青年出版社2016年版）

遇　见
——给留医的老父亲

六月，猝不及防的凶猛
扑向我的虎狼，张牙舞爪
血盆大口向着我狞笑

六月，无助，手足无措
有谁一脚踩空
猛然，从山巅急坠悬崖

六月，南柯一梦
茫然海天间
翩然而至一沙鸥

六月，蝉声歌唱着未来
朝晖落霞，宁静而美丽
你安详地靠着我肩膀

六月，那年六月
你牵我手沿河而行，舐犊情深
远方，山河壮阔

（原载《诗潮》2020年第2期，《天津诗人》2020年第1期）

电脑案件

我在顶先进的联想电脑上
听到了"咔嚓""咔嚓""咔嚓"
三声轻响
荧屏显现灿烂的星闪
眼前已漆黑一片
在未发现"案件"的一刻
奔腾四处理器已被夺命
这事发生在联想电脑上
我产生更多的联想

我知道黑客潜伏门外多时
我知道现代犯罪无处不在
我知道世上有许多无法揭开的黑幕
我知道人心惟危不是危言耸听
我知道……

这一刻
我这个 20 世纪 90 年代法律系
毕业的大学生不知所措
我该向哪一个部门
起诉哪一位

（原载《人民文学》2003 年第 3 期，《作品》2002 年第 10 期，《诗选刊》2003 年第 4 期）

一条咳嗽的鱼

如何　做一条
素净的鱼
鲤把目光　希望
停靠在岸

蹦高
跳跃
逃离黏滞的积水
逃离腐臭的河流

跃龙门
鲤如愿　成为
一条在城里
用鳃呼吸的鱼

在行人不见路
城中不见楼的
雾霾里
一条没法
高兴的鱼　终日
咳嗽不止

如何　做回一条
河里的鱼
匆忙中　踏上归程
可别忘了
出门佩戴口罩

（原载《绿风》2015 年第 5 期；《南方日报》，2015 年 12 月 24 日；
《诗选刊》2018 年第 2 期；《2015 年中国微信诗歌年鉴》，香港诗人联盟
2016 年版；《进入语言的内部：中外现代诗歌精选》，上海文艺出版社
2018 年版）

爱回来过

再美的鲜花也会凋零
再美的青春也会老去
再美的影剧也会结局

可是爱说
在你累了　在时光停滞
神思空白　无言的时刻
风说
爱跑得比飘浮的叶子快
爱回来过
爱说　你如她一般年轻
爱说　她回来过
爱说　你如信仰一般年轻

在黄昏　在黄叶
倦意飘荡的一刻
在人们感到
生命如白开水
一般　凉时
爱说　她回来过
有缘的人　总会遇见
爱回来过
我想
你定如她一般美好

（原载《意林》2006 年第 22 期，《中国作家》2016 年第 6 期，《诗选刊》2018 年第 2 期）

坚守心底的善良

——致敬"最美逆行者"白衣战士

都说他们是白衣天使
可谁又不是平凡的普通人
谁没有家人和朋友
谁的生命都只有一次

作为妈妈，她好不容易回来
等了一夜的女儿想抱抱她
一身疲惫的她只说了三句话：
"别抱我，别靠我太近；
我太累了，一天一宿没合眼；
别告诉你朋友妈妈做什么，
怕他们疏远你。"

在疫情中逆行的是他们
签请战书与疫情生死搏斗的是他们
连续数十小时高压工作的是他们
知道同事被感染仍义无反顾也是他们
自觉与家人隔离的还是他们
他们叮嘱我们多喝水
自己却为了避免麻烦尽量少喝水
这个世界如果有天使
天使也许就是这般模样

在这场没有硝烟的战斗中
有刚生下二胎还在哺乳期的妈妈
有怀着身孕的准妈妈
有耄耋之年的退休医生
他们的身份不一

却有着同一个信念：
捐躯赴国难，视死忽如归

在这个春天里
朋友们，你看看啊
这个世界虽然没有想象中那么美好
但似乎也没那么糟糕
依旧有着温暖
依旧有无数人坚守着心底的善良

（2020 年 1 月 29 日凌晨于中山市）

（原载中国诗歌网、广东作家网，2020 年 1 月 30 日；南方 plus 客户端，2020 年 1 月 30 日；"学习强国"微信平台，2020 年 2 月 25 日；入选《诗刊社》和中国诗歌网主办的"全国抗疫诗歌征集诗选二"）

倮 倮

俫俫，原名罗子健，20世纪70年代生于湖南衡阳，现居广东中山。中国作家协会会员，香山文学院副院长。作品入选上百种选集，翻译成英语、俄语、西班牙语、韩语等。著有诗集《给灵魂放风》《突然说到了光》等六部、随笔集《再不做点事情就老了》，主编《与一棵树进城》等。

坐火车从库斯科到马丘比丘

清晨的小火车站
有着磐石的重量
一辆蓝皮火车
仿佛神的使者
E 车厢：疲惫肉体的暂时容器

行至半途，谁开始朗诵《马丘比丘之巅》
接着，第二人，第三人
也开始朗诵，男声夹杂女声
空气中弥漫着梦的气味
玉米的香味。想到

我们从各自纷飞的路上
相聚在这节车厢里
这是多么温暖的事情
想到
我们将在马丘比丘的废墟上
朗诵《马丘比丘之巅》
这是多么浪漫的事情

我们始终没有谈论内心的黑暗

（原载《诗刊》2016 年第 2 期）

回　声

黑暗降临，巨大的玻璃
房子里，拥挤着空荡
我倾听穿堂而过的风
蝴蝶在亚马孙河的雨林中扇动翅膀

远山，松针簌簌而下
我听到的却是自己的回声
每个人都是一间充满回声的房子
房子即墓地，回声如墓志铭

谁在黑暗中端出烛台，啜饮黑夜
谁伏在栏杆边，看硕鼠翩翩起舞
谁在回声中仰天长啸
时间将收割每一阵风
和风吹起的，每一片叶子

（原载《星星》2017 年第 5 期）

在因特拉肯放出心中的鹤

如果注定有一天
要客死他乡，
就选一个因特拉肯这样的小镇。
每天，推开窗户，
看见白雪皑皑的阿尔卑斯山脉
宁静、肃穆！

此时，该后悔就后悔吧！
半生羁旅：该掏出匕首时，
没有掏出匕首；
该提起笔时，却举起了酒杯。
在生活的重轭下，
智慧和勇气皆严重磨损。

——每一种苟且都有一万种理由。
不如放出心中的鹤，看它
飞过湖泊、山脉、厌倦和眷恋……
飞进痛苦的内部，飞进
雪的苍茫和哀伤，愤慨与无奈
——没人知道一场雪就是一首受伤的诗。

……我捡起一只
不知从何处飞来的纸鹤，
跑起来使劲把它掷出去，
原谅我，我知道我的动作蹩脚极了，
但我已竭力忍住内心的悲伤。

（原载《山东诗人》2017 年冬季卷）

他原谅了世界对他的冒犯

今夜，他是另一个人
喝酒，不写诗。
不能抵抗寒冷，也不能
抵抗黑暗和劣质生活的入侵。
酒后，坐在山脚下的草地上发呆，
弯曲的天空下，命运俯下身来，
安静的群山不动声色地铺展——
他成为群山的一部分。
在隐秘的洗礼中，
他原谅了世界对他的冒犯。

（原载《诗歌月刊》2018 年第 10 期）

万古流

——赠也人兄

事实上，谁也不能命令一条河流
倒流，就好像谁也不能叫一个死去的人
再回来喝一杯酒。昨天已一去不复返，
但它可以命令我们今天相约在江边，
是为了让江风把我们的谈话捎给某和某吗？

唇齿间跳跃的是什么呢？
词语帝国里流动的火焰？身体里
燃烧的河流？途经的事物终将熄灭，
死亡祭台上爆炸的星辰亦将如尘埃。
多少河流曾拼命站起来向天空生长？
多少人曾把萤火虫当作星辰？

蓝墨水的上游，河床为什么哭泣？
逝去是一种宿命，挽留不过是条件反射。
越来越小的火焰，是毕生最后的燃烧，
一条夜晚的河流……说起某人某事……
说起某和某……

（原载《湖南诗人》2019 年第 1 期）

阳光荒凉

曾经形容一个画家的画
像秋天：肃穆、荒芜
曾经形容秋天
丰收后的原野
如母亲干瘪的乳房
这时候，一阵风
从我的心底起身
穿过涅瓦大街
像穿过一条空空的长廊
这时候，想起
一个人的命运
阳光显得如此荒凉

（原载《中国作家》2019 年第 4 期）

李容焕

李容焕,笔名李秋。中国作家协会会员。曾任中山市人民武装部部长、中山市委副秘书长办公室主任、中山市人大秘书长办公室主任;曾任广东省作家协会理事、中山市作家协会主席、中山市诗歌学会会长,现为中山市诗歌学会名誉会长。1965年开始发表文学作品,出版长篇报告文学集《寻找高手"角斗"》、小说集《嫁》、小戏小品集《真情》(合著)、诗集《心的帆船》《诗游记》;主编《悠悠咸淡水:中山诗群白皮书》《一方丰美的水土:新世纪10年中山美文选》《中山小说12家》。其大型诗剧《1896·潮起东方》(合著)获第八届全国戏剧文化奖大型剧本银奖;《诗游记》获首届阮章竟诗歌奖。

大西洋岸边剪下的浪花 (组诗)

夜色巴黎剪影

塞纳河滚动斑斓的彩带
埃菲尔铁塔张开网状带血丝的眼
霓虹下款款走来的摩登女郎
法国香水在她们身上肆无忌惮
酒吧间白兰地碰撞的声响
疯长多少人的贪婪与欲望
咖啡馆内猜不透有谁在
品味爱情或苦涩人生

马拉卡纳球场
——世界第一大足球场

门前　铁板烙牢球声的脚印
墙壁　巨照定格拥趸的疯狂
场内　装满欢呼声叹息声诅咒声……
草毯　记录下奔跑的脚步与身影

旋转的球　在巴西人脚下
盘活桑巴的旋律与风情
一代球王　"外星人"罗纳尔多……
由此起步　踢向世界　射进辉煌

巨大椭圆形的球场
一座诞生巴西球星的摇篮
兀立一旁驼峰山上的耶稣
左手一伸　轻轻将摇篮提起
山下　半月湾的浪涛为他鼓掌呐喊

伊瓜苏瀑布

由亚马孙启程　穿山过峡
一路磕磕碰碰　摇摇晃晃
到此　突然九十度急转弯
再一个大俯冲　溅起
长四千米巨瀑珠帘的壮举

由此联想　细腰肥臀的巴西女人
头戴羽毛披半裸连衣裙
踩着桑巴舞　一路狂欢
一不小心飘下山坳　撩开
一个古老的神话
相传久远　艾维斯少女
被伊瓜苏河色鬼追逐那一刻
毅然与心爱的人一起
跳下悬崖　跳成一河两岸——
一个巴西　一个阿根廷

阿根廷探戈

从非洲黑人的鼓点中命名
在阿根廷穷人栖息地生长
探戈是阿根廷的祖先
跳出来的贡献

一个曾被殖民统治与容纳大批移民的民族
阿根廷探戈在港口、码头和
欧洲、非洲的歌舞联姻
似混血的高乔人在阿根廷的存在——
唯其如此　慢慢地
咀嚼阿根廷探戈的独特风韵

踢腿　力度与曲线的动感组合
折腰　腰部与眼神对接的激情与浪漫
旋转　情感在点与圆助推下的快速宣泄
配套　切分音的交响与民族服饰的大观

阿根廷说　探戈是他们的国宝　文化遗产
外国说　探戈是阿根廷的故乡　发源地
国际探戈说　阿根廷探戈是他们的祖师爷
浪漫、节日、幽默　现代探戈说
他们都是阿根廷探戈分出来的
流派与部落

（原载《诗歌月刊》2009 年第 12 期）

品味周庄：江南美女

周庄是水做的，木做的，石做的，土做的，是人文抬高的。

——题记

一位北宋年间诞生的江南美女
卜居在淀山、阳澄、白蚬江、南湖
四湖争拥的周庄　历朝历代
为她建造一排排
粉墙黛瓦翘背飞檐的阁楼吊楼
为她铺设一条条
青石青砖舒展清润的巷道通幽
为她梳理一弯弯
青凌凌泛涟漪的沿街船航河道
为她架构一道道
花岗岩大理石垒砌的桥梁河埠
为她装饰一扇扇
檀木杉木雕龙琢凤的廊房花窗

明代万历　不知道有谁
还为她打造了一尊钥匙——
双桥（钥匙桥）
将好端端个江南美女锁住
锁在深闺人未识
关在岛内不亮相

这位穿越时空古典靓丽的
江南美女　九百年来　躲过
战火的硝烟　工业的尘埃
城市的喧嚣　庸俗的纷争
仍然不走模样

公元一千九百八十四年

一位叫陈逸飞的画家
以钥匙桥为景　挥毫
一幅《故乡的回忆》油画
在美国高价拍卖那位石油大王
公元一千九百八十五年
那位石油大王访问中国
又转赠改革开放总设计师邓小平

刹那间　这尊钥匙大放异彩
擦亮了世纪之窗
惊动了黄河长江
汹涌的大潮铺天盖地而来
涌进江南　涌入周庄
用千万双目光作剑
敲开这尊千年钥匙
敲开周庄的石门花窗
第一次　撩开披着神秘包头巾的
江南美女　光艳艳水灵灵的真相

台湾女作家三毛　迫不及待
从海那边飞来　一睹风采
聆听　江南美女的吴侬软语
陶醉　江南水乡的丝弦乐章
多少蓝眼睛　白皮肤　黑皮肤
更有那黑眼睛　黄皮肤
纷至沓来　却碎步轻轻
偷看这玉树临风的江南美女
更有揖舟摇橹　桨声欸乃
慢慢寻觅　细细欣赏
"街沿河立　河沿街走"
"人家尽枕河"的东方威尼斯
大名鼎鼎的千年古镇——
"中国第一水乡"

冯福禄

冯福禄，中山市文联原党组成员、专职副主席。现任中山市社科联党组成员、专职副主席、秘书长。

赶往春天的路上 （组诗）

这注定是一个不寻常的庚子春节。新冠疫情在神州大地肆虐浩劫。忽然记起毛主席"烟雨莽苍苍，龟蛇锁大江"诗句，和当年那首《送瘟神》诗词"春风杨柳万千条，六亿神州尽舜尧。红雨随心翻作浪，青山着意化为桥。天连五岭银锄落，地动三河铁臂摇。借问瘟君欲何往，纸船明烛照天烧"。生命重于泰山。疫情就是命令，防控就是责任。相信有伟大的中国共产党坚强领导，有强大的祖国凝聚力量，有从容坚定、义无反顾、奋勇前行的白衣天使，有听党指挥、能打胜仗的人民军队，有神州十四亿的中国人民，有以毛笔蘸一腔热血、用心声倾满腹深情的文艺战"疫"者，坚信"送瘟神"之日不会遥远，大地将很快恢复祥和安宁。作为一名文艺工作者，我牵挂着这个无硝烟的战场，浮想联翩，夜不能寐。春寒料峭，苦雨临窗，仿佛黄鹤楼中吹玉笛，江城正月落淫雨。遥寄黄鹤，慨然命笔。

——题记

赴春光

从庚子元日出发
我们都在赶往春天的路上
我要悄悄地告诉时光
宅居虽令人略显疲惫的模样
但脸上的微笑只是被口罩遮挡
我站在岭南的南方
看见北方的雪花

挂在山川那洁白的天空上开放
看见南海的浪花
躺在大海那湛蓝的摇篮里荡漾
看见江城的樱花
躲在珞珈山南坡积攒着绽放的力量

从庚子元日出发
我们都在赶往春天的路上
我要悄悄地告诉夜光
我们手持佛陀赐予人间的烟火
照亮窗外滴滴答答垂落的雨丝
和遥远北方幽幽雅雅飘洒的雪花
雨雪友善地与我的眼睛对望
似乎要给我一个笔直的方向
哦，黎明很快就要铺开曙光
多情的雨啊多情的雪花
祈祷我们平安抵达
那一缕晨曦初绽旭日升腾的地方

从庚子元日出发
我们都在赶往春天的路上
我要悄悄地告诉春光
我拒绝捡起冬日遗落路旁的忧伤
尽管立春捎来了花信
人世间仍有许多的悲冷寒凉
我愿站在料峭的樱树枝头守望
与春雨倾诉呼唤着春的暖阳
当春风唤回黄鹤当春光照暖初心
当樱花开满了眼眸和胸膛
我们一起共赴春光！

致江城

江城啊，江城
长江汉江在这里相约成了永恒
辛亥风云在这里撞响了大吕黄钟
九省通衢几度激荡着英雄豪情
我以樱花做书签还没来得及读懂
你却戴上了口罩成为全中国人民的心痛！
我曾在诗词里遇见江城
你是黄鹤楼里吹玉笛五月落梅花的江城
你是昔人已乘黄鹤去此地空余黄鹤楼的江城
你是晴川历历汉阳树芳草萋萋鹦鹉洲的江城
而今啊，你是烟雨莽苍苍龟蛇锁大江的江城！
我曾在味蕾中感味江城
你是才饮长沙水又食武昌鱼的江城
你是一碗热干面叫醒清晨的江城
你是在户部巷咬一口周黑鸭的江城
而今啊，你是雾笼三镇口罩掩面无味的江城！
我曾在春天时到过江城
你是一桥飞架南北天堑变通途的江城
你是烟花三月西辞黄鹤下扬州的江城
你是东湖畔珞珈山樱花树下令人流连忘返的江城
而今啊，你是春寒料峭眼前有景道不得的江城！
江城啊，江城
厚重的岁月是你浴火重生的本能
暂时的孤岛你不要难过不必悲情
你看党中央掷地有声的号令
你看火神山速建再度诠释效率就是生命
你看那一趟趟专列在向江城驰骋
你看全国人民的心都往江城聚拢
你看逆风而行者成为一道亮丽的风景
没有不可逾越的寒冬没有不会抵达的旅程
我们铿锵出发激情相约樱花盛放的江城！

红手印

红红的红手印啊
一枚枚饱蘸心血的指纹
摁在了洁白的纸上
是一颗颗无须过多表白的心迹
那是在四十多年前的凤阳小岗村
这是在新冠病毒肆虐的庚子新春
那是为荒凉的土地能传来丰收的喜讯
这是要豪迈奔赴战场的请战书请愿信
不约而同摁下的都是牢记使命不忘初心

那个极寒极寒的冬夜已深
在安徽凤阳的小岗村的十八个村民
昏黄油灯映着茅草屋风雪在扑门
但冬天里的一把火燃烧着十八颗心
为了吃饭为了活命为了生存
他们用生死契约共同起誓
摁下了十八个红红的红手印
成了当年包产到户的带头人
红红的红手印啊
摁起了田野上的春风阵阵
大潮涌动着中国广阔的农村
红红的红手印啊
摁出了万紫千红总是春
摁着的是改革路上与时俱进不忘初心！

这个极寒极寒的春节临近
在神州大地上好多好多的医院里
一张张白纸摁满了好多好多红红的红手印
夫妻共请缨父子同上阵

放下孩子的双臂放弃新年团聚的温馨
你们随着集结号奔赴最危险的中心
去抚慰那一双双期盼的眼神
去阻挡那排山倒海的瘟神的逼近
去让万千人民迎接春的降临
红红的红手印啊
摁下的是义无反顾坚定前行的百倍信心
摁下的是围绕中心的美丽涟漪和钢铁铸成的职业精神
红红的红手印啊
摁下的是挽救生命于水火那鲜艳夺目旗帜的指引
摁下的是要让生命之堤坚不可摧的探索和追寻！

红红的红手印啊
我不知用什么样的笔墨才能描绘出你的美
但我知道这是村民和医护们一颗颗赤热的印痕
仿佛是火线入党表忠诚时摁下的决心
仿佛是灾难救援奔赴前线时摁下的宣文
而你们摁下去的没有丝毫悲壮和豪言
因为我看见的是你没有半点迟疑和彷徨的不安
因为我听见的是你与家人除夕夜离别的呢喃
你摁下的红手印是史无前例的无比自信
你摁下的红手印却是逆向而行的步履艰辛
你们摁下的红手印啊
续写了中国前进路上沟沟坎坎且生生不息的坚韧！

逆行者

这个新来的春天被阴霾笼掩
黄鹤楼悠忽鹦鹉洲凄惨
烟雨莽苍龟蛇锁着大江
面对这突如其来的挑战
医生护士军人和广大干部党员
还有居家自行隔离的万万千千
都以逆行者名义
奔赴疫区活跃在狙击第一线
都毅然决然地赶赴春天——

中国医护，你是最美的英雄！
因为你选择了最美的逆行
一声召唤必定有你响应
是无惧生死的大医精诚
口罩遮不住你坚毅的眼睛
新年的钟声是你远行的号令
抛下阖家团圆去面对汹涌的疫情
到黑暗中去驱散阴霾点亮光明
大地的第一场春雨向你致敬
春天的丰碑上将永远铭刻着你的姓名！

人民军人，你是最美的英雄！
因为你选择了最美的逆行
哪里有需要哪里就有你的身影
你那熟悉的面孔依然那样从容
崇高的信仰如此神圣
你用双肩去扛起使命
祖国的荣光因为有你的忠诚
大江南北心心相通一路同行

越过雪雨去迎接春风
春天的丰碑上铭记着你是真的英雄！

共产党员，我们都是最美的英雄！
听听吧，我们的铿锵和真诚——
"生命重于泰山疫情就是命令防控就是责任"的掷地有声
"我参加过抗击非典不计报酬不论生死"的无比坚定
"我是党员责无旁贷必须向前"的一身英勇
"坚守岗位疫情不灭我们不退"的豪迈从容
"党员就是'挡'员就应冲在前挡疫情"的澎湃激情
"我是支部委员先安排我"的主动请缨
"我是社区书记关键时刻决不请假"的朴实决定
这些都是冲锋一线的党员干部们"硬核表达"的心声
千语万言汇成一句话——驰援武汉让我上我能行！
我们都以生命的名义践行着责任担当和初心使命
我们都是共产党员危难时刻挺身而出筑起钢铁长城
我们不离不弃用信念追逐共同的梦
春天的丰碑上我们也是当之无愧的英雄！

面对这个必将过去的春寒
我们的心中要充满温暖
我们心心相印血脉相连
我们前进的脚步铿锵稳健
我们共同携手守护家园
我们众志成城把阴霾驱散
我们共克时艰共筑安澜
我们一起为砥砺奋进的中国点赞
我们去拥抱这个即将到来的灿烂春天！

艺战 "疫"

在封成孤岛的江城武汉，
在瘟疫肆虐的神州大地，
新冠病毒疫情牵动着我们心弦，
逆行者奋力战 "疫" 在抗击的一线，
每一个人都责无旁贷使命在肩，
诗文书画乐能谱写艺心战 "疫" 图卷，
我们，我们的文艺家们，
都在用我们的方式参战！

尽管朗诵者歌唱家们的声音有些嘶哑，
但民族有危难人民在呼唤，
话筒就是我们的枪杆，
我们就要用声音奔赴前线，
我们在用我们的方式参战！

尽管诗人文学家们的手笔有些震颤，
但昏黄灯光掩不住我们的长歌正酣，
稿纸格子舒展的都是对逆行者的赞美和感叹，
我们以真情为枪栓为人民沥胆披肝，
我们在用我们的方式参战！

尽管书法美术家们不能在展厅里展览，
但身居斗室日夜鏖战豪情不减，
洁白宣纸上描绘的都是战疫一线的感人瞬间，
我们用激情当墨唤起民众万万千千，
我们在用我们的方式参战！

我们都在用我们的方式参战，
我们都用豪情用激情点燃熊熊的斗志烈焰，

与人民在一起我们力量无边，
与人民在一起我们身手矫健，
我们奋蹄不待扬鞭用我们的方式英勇向前，
我们与党和政府并肩打一场抗击疫情阻击战，
莫等闲，情相牵，同心干！
保卫武汉保卫湖北保卫神州不斩病毒誓不还！

（原载南方 plus 客户端，2020 年 2 月 10 日）

黄廉捷

黄廉捷，中国小说学会会员、中国诗歌学会会员、中山市作家协会常务副主席、中山市网络作家协会主席。著有长篇小说《爱情转了弯》，出版诗集《漫无目的》《一百年后，我凝视这村庄》《穿行》《站在平台看风筝》《金秋之手揪住风的尾巴》等。获广东省第二届"桂城杯"诗歌奖优秀奖、"文华杯"全国短篇小说奖、广东省报纸副刊好作品奖等。

奇异的光照耀我

阵阵闪着的光　凝成一团的光
在旷野上飞奔
投下短暂一小段
就能满足生存的希望

这种奇异的光喜欢照亮夜
飞于屋顶之上
模仿上帝搭救人类的样子
举起施爱的手
指着天空
再多的不如意都会化成白云飘走
光是温暖的
在你最无助之时

奇异的光依旧在大地发育
仿佛是类似豆的植物
它有一颗意想不到的慈祥之心

期待下一次
奇异的光照耀我

在我孤独无助之时

（原载《诗潮》2016 年第 1 期）

收花生

海风会准时从南边吹来
山低云更低，这里的人想象着花生苗底下的果实

大部分人都围着花生苗打转
那是热衷于收获所截取的快乐

这些快乐与翻过一片绿之后的海风握手
男人和女人的草帽汇成了浮动的船

人在草绿的细血管下拼出一幅美丽的图景
这里有一辈子吃不完的花生

花生破土而出，它见到最爱的阳光
皱皱的额头写出皮肤铸造的铁性

一次跨越时空的旅行展开，朝着太阳和月亮
每个都是素不相识的同类
在合二为一或合三为一的箱体中
等待显露真容

（原载《诗潮》2016 年第 1 期）

七星岩记

夜，唱着莲湖泛舟小调
醉倒在没有酒精度数的夜色里

风，抚摸着多情的仙女湖
已经醉倒于那个温柔得不想惊动夜的呢喃的风

光，在天柱背后找到了月亮眼睛
她已经醉倒于七星调慢时针的转动

她已经醉倒于人间仙境
她一生都不愿让其消失的虔诚结束

（原载《诗林》2015 年第 1 期）

沾满泥土的土豆

泥土下深埋的理想之梦
在一个湛蓝的秋日里破土而出
它从未瞧见过这么热烈的阳光
它拒绝波罗蜜树叶上蝉虫响唱的挽留
它要当一头奔向城市的公牛
让精神背离泥土
把梦幻的美好图画当成一只对抗内心视线的拳头

幻觉的城市梦流淌着夸耀的神灵
总在麻醉它的神经，让它兴奋，让它彻夜不眠
擦脸净身，灌入城市全息图
开始未知的石屎森林生活
"让土地召唤野草去吧！
我只想听到广场上振奋人心的喇叭声"

天边一堆羞答答的彩云
展示着各种姿态想再一次约会土豆
只是，错位的天堂之门变换了方向

若干年后
沾满泥土的土豆变得忧郁
它不明白
这里的天空要么是线条的，要么是阴沉的
它的生活要么是阴影的，要么是忧郁的

这就是一头扎进城市里的土豆
它贴在了城市编织的铁网中
寻找蝉虫的身影

（原载《诗林》2015年第1期）

一百年后， 我凝视这村庄

我曾如此地亲近它、眷恋它、触摸它
一百年后
我希望还能与它说话

它通向外界的路只有一条
这是生命不会终结的小路
路的前方有书写历史的骑士

这里的尘土创造了我
我是这处村庄唯一的诗人
天际在为村庄洗脸
配上时光长出的树叶

岁月的主人合上了发问的嘴巴
泥土自有它的居所
那是长了翅膀的坟墓

我想象自己是这里的一滴水
村庄另一个有机体
竖起耳朵聆听发霉的对话

无人耕种的农田
留下荒芜在收集记忆的泪水
熨平结扎了的生活皱纹

是城市俘虏了无数人的魂魄
是青春抛弃了它的后半生
再多的绿也无法让历史催生氧气

一扇扇窗户写上离乡的符号
符号已变成了渴望的眼睛
痕迹随着禾苗老去，
人们更愿意在石屎中行走

一百年后，我凝视这村庄
必定是从另一个人的眼里

（原载《诗歌月刊》2016 年第 2 期）

荒寂的光……

荒寂的光，支撑着一个物种起源的比喻
荒寂的光，搭上神秘秋风的最后一班渡轮
秋风溜过的表面，压倒了迷恋深度的草
云雾与流水露出了多情的嘴

就在秋风转身等待白昼开放的一瞬间
荒寂的光被冰冻成了空气底下的忧伤
残叶幻变成你的影子
不断延伸，想寻找到生命的痕迹

交谈没有声音，你早成了过去
我还活在世间，这是你留给人世间的枯萎记忆
它终于消失，伴随我而消失
但你青春的血迹化成了黄土

岩石向天空送上温度
仿佛天上的云雾都跟满山的树林在握手
仿佛所有的鸟儿都与树林同呼吸
整整一个下午，光的路线都没有改变
我走向你埋葬处

（原载《中国作家》2016年第6期）

刘建芳

刘建芳，江西定南人。中国诗歌学会会员，广东省作家协会会员，中山市诗歌学会原副主席。已出版散文集《水井边的日子》、诗集《南方的风》《流淌的岐江》《梦中之河》《香山晨语》。

父亲在车站送我

熙熙攘攘的汽车站
站着父亲
他和许多人一样
翘首以待，在等车
其实他是在等我
等那晚点的汽车来了
再叫我上车
而我，在离车站不远的房子里
休息着，只等着
父亲大声喊我，车来了

我感动我坚持不让父亲这么做
父亲也坚持也感慨地说
去南方的路这么远
你要多休息一会儿

那晚点的汽车，可恨
可也让我看清了父亲的伟大
就在他踮脚凝望的眼神
和随众人一起迎接汽车
进站的欣喜笑容里

有多少次了，父亲
这样在车站送我
我哽噎的心
要经过长途的颠簸和反刍
才能顺畅平静

经过一些年后
我有自己的车了
而父亲和车站一起
已离我远去

面对如水的车流
我能够自由地融入
面对依旧如潮的车站
我还要一步一步地努力靠近
那里，永远站着
送我上车的父亲

（原载《作品》2011 年第 7 期，《现代青年》2014 年第 6 期）

卷一　我多想像大海的浪花一样

在额尔古纳

在额尔古纳，羊群
是天上的云彩在草地上漫步

在额尔古纳，马群
是疾驰的旋风在眼前闪过

在额尔古纳，河流
是迂回婉转的歌曲在耳边响起

在额尔古纳，道路
是划破无边的绿色梦通向地平线

在额尔古纳，我多想
变成一朵云彩
变成一阵风
唱着一首歌
做一个通向天际的梦

（原载《中国作家》2016 年第 6 期）

革命同志

这些同志
生活在风雨如晦的世道
一切都是那么凄苦，无望
仿佛未来就是末日
然而
他们在不停地奔走
在黑暗中高昂着不屈的头颅
他们撕心的呐喊
他们匆匆的步伐
他们怀抱的炸弹
他们浴血的身躯
如动地惊雷
让人振聋发聩、血脉偾张
让历史永远清醒
让一百年时光在眼前闪亮

他们的思想像雪花一样飞舞
《江苏》《浙江潮》
《苏报》《中国白话报》
《革命军》《猛回头》《警世钟》
还有《哲学要领》《天演论》《原富》
这些白纸黑字
引领着世界潮流
让古旧的大地沸腾
让窒息的空气更新

他们的组织如雨后春笋般猛长
兴中会、华兴会、光复会
共进会、文学社、同盟会

一个个都让大清王朝胆战心惊
一条条都让中国人心头明亮
这些同志——
民主、共和的先驱者
垒起了一个革命的同盟
喊成了一个响亮的口号

他们的行动惊天地泣鬼神
这些同志，永远的同志啊——
为共和牺牲的第一人陆皓东
为宪法流血的宋教仁
积劳成疾的黄兴
血尽力竭的方声洞
英勇善战的喻培伦
文辞激昂的章太炎
悲壮感人的林觉民
革命军中的马前卒邹容
刀光剑影里冲杀的陈天华
不让须眉的鉴湖女侠秋瑾
…………
同志无数，先烈无数
他们舍生取义视死如归的精神
让草木含悲
让山河变色
激励着更多的同志
继续
革命
成功

（原载《诗刊》2011 年第 11 期）

我该怎样描述这样的咸淡水

这样的水，在我眼前
已经流了很多年了
但我一直不知道怎样描述
从哪里来
到哪里去
途经了多少地方
滋润了多少故事

但我知道
说你有多淡就多淡
淡得如同乡村稻田上晶莹的露珠
从日出到日落
从春夏到秋冬
一天又一天
一年又一年
你就慢慢收获了淡淡的乡愁

我还知道
说你有多咸就多咸
那大海有多深
你就有多咸
那咸咸的海水
可以轻轻托起远洋的帆船
把你带到一个叫理想的彼岸

那理想的彼岸，有多理想

于是，我看到了
你把露珠滴成溪流

汇聚成江成河
你把乡愁带向远方
把淡淡的淡变成咸咸的咸
你这样奋不顾身地拥抱海洋
正是我想描述的咸淡水的模样

注：咸淡水是指珠江口与大海相融交界地带的水。

（原载《澳门月刊》2019 年第 1 期）

我多想像大海的浪花一样

我多想像大海的浪花一样
高兴的时候
我就跃出水面
绽开晶莹的心情
让阳光也看见我的快乐

我多想像大海的浪花一样
不高兴的时候
我就隐藏在海平面下
把潮湿的心融入汪洋
只有蓝色知道我的忧伤

我多想像大海的浪花一样
可以承受狂风暴雨的打击
又能享受风和日丽的愉悦
有时闪亮
有时沉默
闪亮的时候多美丽
沉默的时候多安静

（原载《南方日报》，2019 年 1 月 18 日）

罗 筱

罗筱，广东省作家协会会员、中山市诗歌学会副主席。曾获首届香山诗刊作品奖等奖项。著有诗集《这支抒情的芦笛从未停息》，作品入选多种文学选本。

一滴细小的雨怎样生存

一滴细小的雨是怎样生成的
在天空中漂泊了多久
从那么高的高处往下跳
它有没有害怕和犹豫
有没有想过
跳下去的后果

落下时
有没有遇到云
有没有风
经过它身体的内部
是否受到过同伴的排挤
有没有开小差
改变了生活的轨迹和命运

一滴细小的雨该怎样生存
它来到尘世
可能跌落在草丛里
或者掉在发烫的柏油路面
砸在寂寞的屋顶以及废旧的铁器上
被摔得粉身碎骨

也可能降落在冰冷的海水
连一点声息都没有

或溅在飞驰的列车上
被带进茫茫黑夜中

一滴细小的雨在跌落时
来不及考虑这些

从天空来到尘世
细小的雨打湿不了一粒火
无法清凉一片树叶
不能安慰一株禾苗
但它正好落在我的心上
染绿我的思绪
并长出了一首诗

（原载《中国作家》2016 年第 6 期）

我们反复提及的故乡

我们反复说到的那个地方
其实，是多么遥远

多少次回喊故乡
多年后　它不再是当初的模样

今夜　雨水的微凉里
望乡的眼有些惆怅，有些微茫

地图上找不到名字的那个村庄
在梦里，常散发淡淡的光芒
而我的忧伤依旧
它的安静和瘦小
就像渐渐老去的爹娘

山地和丘陵间
总会有些明明灭灭的事物
在异乡的冬日
一想到它　便有了熟悉的温暖

春天的时候
我多么想有一双会飞的翅膀
鸟一样回到它的身旁

在流浪的中途　从未远离的故乡
就像天上的月亮　或圆或缺
总能将我的心情照亮

（原载《诗林》2015 年第 1 期）

枯荣之间

活着的墙
老去的草
有些事是草可以而墙不能的

譬如　在秋风中舞蹈

（原载《诗潮》2016 年第 1 期）

从土到陶

将你打湿
将你柔软
将你镂刻
再将你980度高温烧烤

好让你高贵而脆弱地活着

（原载《诗潮》2016年第1期）

或

门　开着
听脚步声
出或入

夜　亮着
因为梦或醒

我在时间的尽头等你来
或者不来

（原载《诗潮》2016 年第 1 期）

郑玉彬

郑玉彬，广东饶平人，现居中山。广东省作家协会会员，中山诗歌学会秘书长。著有诗集《梦孩》，有诗歌被收进多种诗选。

阿 嬷

低矮的屋檐下，风中
祈求平安的桃符东倒西歪
收录机里机械的诵经声，在黄昏
牵来一丝慰藉
里屋，光线暗淡
雕花大床依旧盛开
再没有人去琢磨它
是开心，还是郁闷

陈年的胭脂水粉已风化成雪
长年的炭担也凝铸成背上如山的驼
神案上，阿公的眼神
仍是一支让你心惊的箭么？
往年教训媳妇的荆条
你还拎得起么？
浸濡了半个世纪汗水的扁担呵
偶尔，还温暖子孙们远游的心

夕阳透过门楣
灰尘与烛香在光柱中相追逐
多奇怪的景象啊
一束小小的光线也能让感觉温暖
一个世纪的恩怨也不过是浮在粥上
薄薄，薄薄的一层浆膜

我们的阿嬷，不经意间就
轻轻，轻轻地把它吞下了

青花碗里，白粥稀亮……

（原载《诗歌月刊》2009 年第 10 期）

隧道正在修建中

一条隧道
为了疏通将来的淤塞
修建　在它发育过程中
路却变成了　深壑
我们临渊相望
经受着它产前的阵痛

无数隧道
为了将来的快乐
在人身上
挖筑　在它发育过程中
痛苦却日渐堆积
每个人期盼着
全身经脉　快点打通

隧道在不断形成
或明或暗或公开或隐蔽
不同的隧道
有不同的生成办法生成不同的走法
它日渐成形
终有一天会完工　那时，
才能知道
哪些通往天堂
哪些到了地狱

（原载《诗歌月刊》2016年第2期）

给抱小孩乞讨的妇女

是谁在混浊空气里，笑
笑得如初晴的阳光
是他，孩子

是谁在无尽呵斥里，麻木
麻木着用这种方式谋生
是你，母亲

是谁在赤裸裸现实前，羞愧
羞愧得无心无肺
是我，一个人

（原载《诗歌月刊》2010 年第 3 期）

夏日镜像

骤雨后，银幕里
我既是观众也是主角
夕阳洒在我的山河上
缓缓的暖驱赶多年的冷

柴可夫斯基用悲怆写好挽歌
江河借着他的音乐直奔内心
这令人又爱又痛的江河呵
搅动了夏的五脏六腑……

（原载《诗潮》2016 年第 1 期，《诗选刊》2019 年第 5 期）

世界给了我……

世界给了我一坛水
我把它还原成沙和土，一半解渴一半种植

世界给了我一堆沙
我要用它，一半筑城一半铺路

世界给了我一场风暴
风中的呐喊，一半快乐一半痛苦

慢慢地，世界给了我真相
我也慢慢给了它，另一个我

（原载《诗林》2015 年第 1 期，《诗选刊》2019 年第 5 期）

莲的方式

莲，碎成一地的理论
孤单，安静，或明或暗

偶尔在精神世界里
荡出几丝禅的水纹

莲，有一把刀
切割你与泥土的联系

莲，一棵在风中
完成自我的草

（原载《诗潮》2018 年第 4 期，《澳门笔汇》2019 年第 68 期）

刘洪希

刘洪希，湖南耒阳人，广东省作家协会会员，中山市作家协会理事，中山市诗歌学会副秘书长。1995 年开始写诗，作品入选多种选集，出版诗集《一只青蛙在城市里跳跃》。

一只青蛙在城市里跳跃

一只青蛙
身上流的是乡村的血
灵魂却在城市里
戴着镣铐跳舞

水泥地　楼宇森林　城市
站立在土地的沦陷之上
站立在一只青蛙痛苦的怀念之上
那微波荡漾的水呢
那草地　稻谷
和梦中的家园呢

从乡村到城市
如果注定这是一次艰难的过程
一只青蛙　千万只青蛙
情愿奉献一切
让热爱者的欢笑
建立在自己的血肉之上

九月的黄昏
我在城市的某一角落
看见一只青蛙
无家可归

（原载《打工诗人》2001 年第 1 期（创刊号），《北京文学》2002 年第 2 期）

雪

梅花能在雪中盛开
这让我怀疑
寒冷的真实存在　或者
因此推断　寒冷
是雪温暖的一种特殊表现方式
像忧伤的爱情
留下的却是甜美回忆

雪：当我正式写下
这个轻轻的词　我看见
少女洁白的胴体
刺瞎了多少双肮脏的眼睛
又康复了多少双失明的眼睛

听吧　听吧
是谁站在茫茫雪野　说
"有多少事物在雪底下死亡
就有多少事物在雪底下新生"

（原载《诗选刊》2002 年第 2 期）

守候一朵桃花绽放

记忆中　故乡
最先叫得出名字
开得最早　颜色最漂亮
还能结出诱人果实的花
是桃花

眼缘。印象
常常奠定爱的基石
别离已经多年　在更南的南方
桃花开得更早
但我只愿守候思念的那朵桃花
绽放

曾经吹落黄叶的风
一天天由冷变暖
随季节的方向
掉头。由南向北
它们吹到故乡的日子
就是那一朵我思念的桃花
和她的姐妹
打开身体的时候

（原载《中国作家》2016 年第 6 期）

打 铁

在铁墩上，一块铁
打击另一块铁
谁会更痛
答案或者并不难

不同的是，被打的铁
总会被炉火烧得满身通红
且在一遍遍锤打成形
刃口嵌钢以后
还要经历蘸水淬火打磨的过程

叮叮当当的声音
早已成了遥远的记忆
而在渐行渐远的人生路上
我们始终都是肉身的铁
被生活的铁锤打

有人被造成剑
有人被造成刀
有人成为方方正正的器物
有人反反复复回炉

（原载《中西诗歌》2018 年第 4 期；南方 plus 客户端，2019 年 10 月 8 日）

行走异乡的冬小麦

一株株冬小麦　呱呱落地的时间
恰巧选在草木枯黄的深秋
此后　她们将经历些什么
或许　许许多多的人并不知道
尤其是那些不谙农事的城市人

雪。在冬小麦的一生中
我不能不提到这个词
她的厚度　是压力和寒冷的厚度
也是温暖和动力的厚度

雪融之时　被禁锢的黑色日子戛然而止
蓝天白云熏风之下
她们努力地向上
长到父老乡亲肩膀一样的高度
长成一支倒扣的箭的样子

她想抓紧大地　但镰刀的光芒
砍倒了她的梦想
命运　让她和我一样远走他乡

如今　面对土地和故乡
她也只能和我一样
夜夜怀想

（原载《中国诗歌》2018年第5期）

徐向东

徐向东，广东省作家协会会员，中山市作家协会副主席，中山市报告文学学会主席，中山市诗歌学会理事。出版过长篇小说，与人合著长篇报告文学等，有小说、诗歌、散文、报告文学、文学评论和新闻作品等获多项国家、省级奖项。

玻璃窗上的水珠

刚才还艳阳当空
暴雨不打一声招呼倏然而至
玻璃窗上挂满了豆大的水珠

不知是不是长河中飞来的水滴
它们可以简单、透明地走路
或者平静地滑落

一个淘气的小孩
在玻璃窗上拨弄手指
水珠曲折、变形
开满了玫瑰花罂粟花

（原载《诗林》2016年第3期）

知了不停地尖叫

每棵树上至少有一只知了
就像每间房子至少住着一个人

六月的知了不停地尖叫
身世卑微却是一个个鲜活的生命

老天爷发着威
连日来大地被烤得直冒白烟

（原载《诗林》2016 年第 3 期）

看工艺作品展

龙和虎
一个虚无，一个凶险
但是，许多人都喜欢
画它，绣它
更有甚者，往它们身上镶金

在整个工艺作品展上
我怎么也找不到
一头牛或者羊

（原载《诗林》2016 年第 3 期）

发 现

跟着古人的笔端走
你便成了书法家
演绎古装戏
你可能就是著名的导演
复述千年你争我斗的过程
背熟前人的文章
你可能算半个历史学家或者学者

在容易迷路的城市楼群
住着相同模样的漂亮女人
路边商铺，有人汗流浃背
正在吆喝一批山寨产品
我流连隔壁的一间幼儿园
发现了一群还不会复制的小孩

（原载《中国诗歌》2017年第24期）

一朵花是一座坟墓

每一天遇见或离去
都是一次全新的冲积
我的花朵是金色郁金香
一朵朵在脚印里行走
我的花朵是涛声送来的
潮水过后复又平静无痕

当晨风送走一轮明月
我会请来农夫
扛一把铁锄，培养好这最后一畦
我发现，街上有点狂热
南方的冬天也将过去

山坡上阳光明媚，鲜花烂漫
我不能用旧的身体
回答时间倾泻而逝的问候
那些曾经的花朵
多像一片片金黄的土
一次次将我埋葬

（原载《中国作家》2018 年第 10 期）

洪 芜

洪芜，又名张绍敏，生于湖南安乡县，广东省作家协会会员，中山市诗歌学会副主席。曾获香山文学奖等多项奖项，出版诗集《一生不敢有太多的爱情》。

画母亲

母亲很乖
坐在那儿，一动不动
让我描

其实，她很想走动
去菜地摘辣椒
给一家人做晚餐

她的音容笑貌早已铭刻在心
闭上眼睛
一张接一张
像播放默片

只需要把手伸进脑海
就可以抽出来

可是，在纸上画母亲
画坏了很多张纸

离得这么近
心挨着心
却无法让母亲看清

我心中的她

我欠母亲一张素描

（原载《诗刊》2017 年第 10 期）

时光剑影

看见剑影，看见骑马的人
在马背上舞剑，把时光舞得七零八落
江山时而憔悴，时而妩媚
那些远古的时光碎片还在某个地方高飞
一些陨石身上带着祖上的剑痕

雨落的时候，杀出白马，疾驰如飞，万箭紧随其后
一定有雨水刺穿了身体，看起来更像一只刺猬
奔跑时发出的声音像是一条河流在喘息

七月的一个午后，在一场雨水中苏醒
在水洼里照见自己
一定有一小片天空落于某个水珠里打开伤口
一定有风捎去疗伤的秘诀
但见雨滴拥挤着把脸贴紧玻璃窗
瞥见时光是一块随时准备破碎的玻璃

（原载《诗刊》2015 年第 11 期）

手掌上的泥土

这么多年，似乎只做了一件事
把自己埋了
埋在城市川流不息的人流、车流、物流
覆盖在我身上的还有
鳞次栉比的楼宇、鲜艳夺目的霓虹灯、呼啸而过的火车

每天，我的发声
总被叫卖声、机器轰鸣、沾着口水的点钞声淹没
有时候，我羡慕一只鸟
它的鸣声可以无限放大
在嘈杂的发声中尖锐、突兀
闪闪发亮

就快要埋过头顶
我挣扎着把手伸出去
手掌上的泥土
是否潮湿

似乎，一生
都被迫用诗书
洗去身上的土气

那攥在手心里的
是故土

（原载《诗潮》2016 年第 11 期）

一生不敢有太多的爱情

一生不敢有太多的爱情
像蝴蝶美丽一次就可以了

玫瑰的绽放会不会痛
那么多的刺从身体里刺出来

一些往事在树干上结成了疤
总也抹不平，风一吹就醒

两粒黄沙，随河流而下，牵手万水千山
入了大海，又各自天涯

一生不敢有太多的爱情
像蝴蝶美丽一次就可以了

（原载《诗潮》2016 年第 1 期）　　079

参隐于林，慕名者觑

一些光的给养
遁入山林深处
历经磋磨离曲
滋照出神秘的一支
不落窠臼的隐者
它们与山川为伴
藏于深邈之地
性喜清幽，偏为红尘惊扰
一根细小的牵绳
捆住人世觊觎名利的渴企

七两为参，八两为宝
辛苦修为，脱胎换体
却撞见人世贪心的锄头
冰冷地伸进人参根底
逼迫交出长寿的秘密
纵然酷刑相逼
参族冥冥不语
依然心定神合
它们知道，一旦走出山林
就把自己交给了
需要救赎的世人

［原载《参花》（下）2015 年第 6 期］

瓶子装满黑夜里的星星

我打开盖子
喝完瓶子里的酒
把它放在身旁
和它并排坐着
我自言自语
它在旁边聆听
一言不发
我把它肚子里的话都倒出来
一只空瓶子
一只能装下东西又能倒出东西的瓶子
一只渴望装下自己又渴望倒出自己的瓶子
它不说话
即使风在耳边使劲地吹
它也不发出任何声音
我就喜欢它的沉默
喜欢它静静地坐在我的身旁
默默地把黑夜装进去又倒出来
把黑夜里的星空也装进去
我偷偷地盖上盖子
怀抱它，装满星星回家

（原载《诗选刊》2019 年第 9 期）

马　拉

马拉，中国作家协会会员，广东文学院签约作家。曾在《人民文学》《收获》《十月》等文学期刊发表大量作品，多部作品入选国内多种重要选本。主要作品有长篇小说《余零图残卷》《思南》等五部，中短篇小说集《生与十二月》《葬礼上的陌生人》，诗集《安静的先生》。

我命中的宇宙

我每天早起收拾床单
白云继续赞美
远处的光告诉我：这是新的一天
人类在熟睡中苏醒

残损的世界重新变得美好
它在黑暗中复活，像初生的婴儿
啼哭如同一声宣告
告诉你们：我已来到这里

我找不到来时的路
因此，并不打算回去
我爱上一张脸
日子充满纯粹的幸福

当我慢慢老去，树木刻下年轮
当银河发光，宇宙满是星辰

（原载《延河》2019年第4期）

墓地上的年轻人

巴黎的玫瑰会不会更迷人？
换成利比亚会怎样？

满腮胡子的年轻人眯着眼睛
躺在墓地，背后是破败的楼群，
他的嘴里衔着一根青草。

柔和的光去了又来
她去远方摘玫瑰，爱或者美
她再也不会回来。

他听到小鸟的叫声，仿佛有人在喊他
仿佛躺在地下的那个人。

（原载《延河》2019 年第 4 期）

鸟儿在歌唱

鸟儿在歌唱，在炮火刚刚熄灭的战场。
它们站在枪管上，黑漆漆的钢盔旁，
歌唱。
我不能。
我无法为死去的人歌唱。

冬天，干冷的风吹过刚刚睡醒的街道，
老人披着大衣去买面包。
电车摇摇晃晃地碾碎地面的薄冰，
光秃秃的树枝上，鸟儿在歌唱。
——我愿意做和声。

鸟儿为什么时刻在歌唱？
我搞不懂。

（原载《延河》2019 年第 4 期）

两个星球

那个星球没有人，只有
寒冷，刀子一样刮过的风

我们想象过那里：孤独
比死还要坚硬的寂静。

你是阿尔法星，我是地球
宇宙中两颗孤立的星体。

我们会相遇，它们不会
纯粹的绝望因陌生而迷人。

（原载《延河》2019 年第 4 期）

在密闭的房间

在密闭的房间，我听自己。
听忏悔如何变成歌声。

雪在窗外，簌簌下着
我爱这雪，如此安静迷人。

脚印那么深，那么软
比梦更轻盈易逝。

有一个地方便于隐藏
悲伤与欢乐，我一直在那里。

人，会因为诚实而痛苦
山中冬眠的野兽却不会。

（原载《延河》2019 年第 4 期）

我要的东西

我告诉过你，我要的东西不多
但没有人给我。

地上的清水，空中的明月
你不能给我。那是神的赐予

神赐予我的，还有：
善良的心，美好的事物。

我厌恶战争，不道德的爱。
这些，世界给了我。我不接受

没有人听过我的声音，我也从未
试图向任何人诉说。所有的人我都不信

我相信神，你们却告诉我：
神不存在，神是虚无。

（原载《延河》2019 年第 4 期）

黄　刚

黄刚，广东省作家协会理事，中山市作家协会副主席。著有《山高谁为峰》等作品多部，作品多次获奖，并入选多种文学选本。

上帝的咒语顺流而下

因为欲望
将战意渗透到每个脚窝
因为好奇
将洒脱写上每一片黄叶
丈量这片禁得住丈量的土地
大度的西圣母任尔撒野

无须上帝批阅
如蚁的人流开始践踏
当心灵酣睡在神的床榻
美梦被图瓦人的马匹驮入黄昏
当夜的眼睛徐徐张开
恬静的昆仑山訇然雪崩

就这样
欲望伴海拔的攀升而发烧
就这样
失望的雪线遽然下降

轻蔑人类最后一片净土
留在云杉叶片上征服的伤痕
隐隐作痛
静看几近亵渎的贪婪
人类灵魂的胞衣

千疮百孔
这时　上帝的咒语顺流而下：
回归吧　孩子
别让撒旦为你壮行
端详十八层地狱的恶魔
魔鬼城里　竖起了
你我的影像

一片金黄的白桦叶随风滑落
睁开迷醉的明眸
眼池朦胧着圣水的纹路：
欲望逆流而上
咒语顺流而下
我等绝尘而去
魔鬼尾追而至

（原载《花城》2012 年第 6 期）

有一种景仰叫胡杨

见到白杨
是气宇轩昂的列兵
见到胡杨
是独守苍凉的隐士
仰望白杨的余暇
却将万里之外的崇拜
恭敬地献给一棵树
一棵叫胡杨的大漠中的树

塔克拉玛干
野草望而生畏
你用脚探测水的深度
可能
那就是天山昆仑的高度
雄鹰无法凌绝的时空
你将生命站成一片葱郁或金黄
也许
那正是神木的颜色
刀锈了剑锈了
铁锈了铜锈了
阳光不锈
胡杨不锈

有一种崇拜叫震撼
有一种神木叫胡杨
生命的禁地
神木神奇地繁衍为一个族群
以一种姿势将孤独站成乐观
风鞭狂扫千年

沙砾侵袭千年
烈日烤灼千年
你
不屈一千年
不倒一千年
不朽一千年

这种象征就是不朽
那个神话就是现实
那翻飞枝头的黄叶
是斑斓的蝴蝶？
那撑天蹬地的躯体
是蓬勃的邓林？

踩两腿滚烫的沙尘
走进胡杨的殿堂
从千米的根系寻找思考的深度
从烛天的火焰感触冰川的冷硬
恐龙绝了
胡杨仍蓬勃
始祖鸟灭了
神木还在飞翔

向胡杨走去
将精神炼成
一米阳光
两尺胡杨
因为独立
而且坚韧

别了我的仰视
别了我的崇拜
别了我的敬畏
在长安　一个叫草堂寺的角落

见到一位大彻大悟的人——鸠摩罗什：

一尊佛

一截木

（原载《花城》2012 年第 6 期）

屠呦呦：中国青蒿的歌唱

呦呦，走出《诗经》的江南女子
青蒿，寂然大地的中国小草
三千年前的缘分
邂逅于三千年后
呦呦就是那株香辛清冽的青蒿
青蒿就是那位素朴独立的女性

你从《诗经》走来
呦呦于原野的风　大山的雨
你把药典咀嚼
嚼出葛洪的密语　青蒿的灵性
为了三千年前的缘分
你将自己修炼成一株青蒿
路边的青蒿　原野的青蒿
山沟的青蒿　水湄的青蒿
不惧脚踩　不畏火烧
不怕雨打　不屈霜冻
独自呦呦
独自摇曳

用 191 次寂寞的实验煎熬
催生一个抗疟的世界传奇：
屠呦呦——青蒿素
呦呦鹿鸣　穿越多少个王朝
茵茵青蒿　荣枯多少个季节
在秋天
在十月
在中国
赢取崇尚探索发现的诺奖

"呦呦鹿鸣，食野之蒿"
这是一位女性对一株小草的厮守
这是一株小草和一位女性的默契
缘分从《诗经》开始
邂逅因使命发生
因为你——屠呦呦
用八十五个春秋
让自己长成了一株青蒿
一株堂堂的中国小草

不在乎土壤肥瘠
不计较阳光多寡
不埋怨风狂雨骤
屠呦呦　野草一样的青蒿
也有花期　也要绽放
那是一种大爱盈天的辉煌绽放
那是一种神韵弥野的生命舞蹈

（原载《江西日报》，2015 年 11 月 13 日；《2015 中国诗歌年选》，花城出版社 2016 年版）

读　秒

用心或眼　读秒
从生命分娩的第一秒开始
到气息闭合的那一秒终结
一秒一秒
堆成一生
花鸟虫鱼
禽兽灵长的一生

将一秒放大千倍
催生千万种可能
花蕾绽开粉面　春色弥漫大地
精灵冲破蛹茧　蝶
变诞生大观
慧能双手合十　顿悟千古一偈
李耳斜上青牛　倾听古道不朽
苹果落地
蒿摇曳
真理盛放
大观恣肆

用心或眼　读秒
独步时间的罅隙
将每一秒累积成一种能量
用虔诚专注每一个点———
天心　地心　人心
捕捉千分之一的顿悟
融合　点燃　爆炸
升华原子的高度
延伸生命的长度

拓展河流的宽度

徜徉时间隧道
零时零秒　昼夜之界
须臾之间　正反立判
刀落下
死从那一秒开始
生也从一秒开始
一张口一闭口　咀嚼出忠奸
一点头一晃脑　勾画出正邪
一跃身一缩脚　显露出勇怯
一秒　可读出庙堂囚笼
一秒　可读出荣耀屈辱
读出两个世界两重天地

叶青花放　天暖河开
最关键的一秒
聚于掌心
握紧还是放逐
由你抉择
时间的砺石敲击着思想
日月的齿轮打磨着灵感
原子的新生
草木的新生
我们的新生
从花季
出发

（原载《诗歌月刊》2016年第2期；《2016中国诗歌年选》，花城出版
社2017年版）

天堂里的龙井

撕一片琐碎的光阴
擦洗灵魂
徜徉旖旎的天堂
斜倚小溪的藤椅
打量几片精致的叶子

陆羽说　那是龙井
明前或明后的龙井
爱或痛
胶着于杯子的炼狱
翻滚起舞　膨胀沉浮
过滤一生

据说龙井品第有五：
狮、龙、云、虎、梅
筛一杯清亮的东方神水
宋徽宗喝了　一脸惬意
乾隆爷喝了　满嘴清芬
每一壶
都盛着一个王朝的心思

白居易抿一口
苏东坡啜一口
滚烫划过唇隙
清凉之后　舌苔
氤氲着怎样的诗意

梁雪菊

梁雪菊，中国诗歌学会会员、中山市诗歌学会副主席。著有《我说过我是一株菊》《漆黑中醒着的眼睛》《十七种阳光》等作品，有作品入选多种选本。

沉　香

点一线沉香
缥缈的清气如女人的袅娜
妖娆而恬淡　星火明灭
漆黑中寂静了的岁月沧桑

那条饥饿的虫子
咬破夏日的闷热　暴风要来
闪电　惊雷　狂风
枝条折落　是否化作了蛾
扑向了谁家的灯火
留下伤口　层层裹裹
沉淀的哀伤生出异香
如今药性　降逆调中

我伸出手去拈一缕沉香的游丝
沾上墨色　写下别名　女儿香

（原载《诗林》2015 年第 1 期）

发 髻

站在镜子前面
我用一把桃木做的梳子将一瀑黑发
梳理
每一根垂下的发丝
都曾想在风中轻轻扬起
这一年　每一次梳理
都掉落许多心事

我将那一头乌黑的头发挽起
多少年了　一直这样挽住
挽成一个发髻
挽出一种端庄和宁静

站在镜子前面
我忽然想剪出一帘刘海
好让自己的面容显得年轻
却发现　除了发髻
已没有其他的方式
能将往日的思绪好好盘起

（原载《诗林》2015 年第 1 期）

凤凰花开

花开了　闹嚷嚷静悄悄
一片一片　一树一树
在枝头　燃烧五月
这凤凰的霓裳

花的长廊
你在两头　安静等我
一袭雪白的衣裙　在花下走过
走在花上　谁是你的凤凰
穿过绿荫的婆娑　穿过彤云的摇曳
朝晖或者落霞　我的衣裙已然发黄
依旧雪白卷起了红尘奔向你

我以为我靠近了　向前或者往后
五月连着五月　花开接着花开
不曾远不曾近　你在深处出　在远方

你笑了于飞的凤凰　在枝头　在梦中
在我雪白的衣裙　被染红的一朵月光

你等我　在五月　安静地

（原载《诗林》2015 年第 1 期）

虚构的窗

我们说起春笋和冬笋
旧事一层一层剥落
新事露出一节一节的芽
千年前一个同样微雨的秋日
默默穿过山坞的竹林

齿缝唇舌间的春笋和冬笋
须臾长成的亭台或者楼阁
一下子缀满了千年的尘埃
旧事像野生的藤蔓爬上窗棂

时间久了窗没有了
没有了窗的地方成了窗
旧事透过窗棂看见新事
就像冬笋看见春笋
或者春笋看见冬笋

谁知道呢这尘世
多少旧事新事谁的旧事新事
都成了竹的模样
我们走过长长的栈道
和千年前一模一样

（原载《诗潮》2016 年第 1 期）

菊化石

你看见的不是你所看见的
流沙覆盖的那个秋天
花瓣含羞的目光越来越重
一条鱼游过
浪涛唱着霜雪的殇歌

你听见的不是你所听见的
余香渐渐凝固
风暴撕裂前尘的旷野
柔软对抗黑暗
鲜艳是诀别的刀锋
铮铮作响

你猜想的并不是你所猜想的
涂满桥段矫情的蜜和盐
腌制过的故事弥漫着一厢情愿的气味
一条鱼游过
菊花开在石头里

（原载《诗潮》2016年第1期）

中　秋

你的逃离和你的前来一样
像流动的月光滑过心头
夜色越沉清辉越冷
狠狠咬下的一口念想越疼

埋在天上的一颗咒语啊
是你今夜的窃笑与失言
就像你的前来和逃离一样
圆满成痛痒难辨的熬煎

（原载《诗潮》2016 年第 1 期）

龙 威

龙威，中国诗歌学会会员、广东省作家协会会员、中山市文艺评论家协会理事、中山市诗歌学会原常务副主席兼秘书长。著有《聆听季节的足音》、《诗歌在诉说》、《以诗人的名义》（合著）、《龙威九行诗选》、《龙威诗典手记》、《中山"七叔"的创业回眸》，主编大型文集《中山潮》《经典中山名录全集》等。

鹰， 点燃祖国的黎明

站在天安门看升国旗
仿佛看见一只鹰
从护旗战士的胸襟起飞
啊！九百六十万平方千米
此刻又迎来了崭新的晨曦
因此，山峦肃然起敬
因此，人们举目致意

鹰的身影放射出光辉
照彻群山所有煎熬的生命
照彻河湖江海中漫游的黑夜
人们在鹰的庄严里纵横世界
能聆听到风穿椰林
能遥望天山盛开的雪莲

鹰的头颅高举着伟大的信念
照耀和俯视的不是疲倦的歇息
是向人们仰望的目光里传播真理
是让炫目的飞翅去搏击软弱
用雷鸣声吻痛大地的眼睑

唤醒沉睡的春笋冲出地壳
肩起时代的重担和职责

哦，祖国辉煌的岁月
浓缩在雄鹰腾飞的灵魂里
哪里有黑暗，哪里有贫困
鹰的血光就能照耀那里的土地

我举起忠诚的手臂
面对高高飘扬的国旗
祈祝伟大雄鹰鹏程万里
我眼里，凝聚着雄鹰的依恋
鹰的情怀印在国旗上
露出活泼的笑意

记得，在那个疲软的时代里
乌云曾卷走了雄鹰的魅力
妖魔的猎枪射伤了羽翼
企图击落光明的头颅
满天笼罩阴暗的晦气
硝烟弥漫着泪的日子

直到黎明从神州崛起
一切黑暗和妖魔如烟云逝去
雄鹰又招展于胜利的蓝天
使鲜亮的山河变成突出的立体
翱翔的鹰仿佛英雄的背景
英雄心胸里燃烧着浓烈的真谛

啊！站在天安门看升国旗
就像鲜红的国旗贴在我心灵上翻飞
在诉说着咱和谐的社会主义

（原载《南方日报》，2009 年 9 月 19 日）

粽香吟

无法躲开对粽子的思念
总是在端阳时分疯长
我轻轻推开夏日的窗
望见泪痕里凝固的一曲河殇
岂能用清冷的秋色来描绘
唯有用尽炽烈的夏阳
彰显一个特别节日的分量
铸就一尊诗魂不朽的雕像
《离骚》被我的思念吟诵
宛如汨罗江于我血脉里流淌
虽然流过了怀石投江的壮举
却流不走那慷慨悲歌的回响
深沉的追思溢满我的胸膛，好像
粽香飘逸在楚国那奔流不息的三江
我用一坛烈酒洒在苇丛与江湖旁
祷求诗赋能走出那苦涩的诗行
啊，穿过历史幽暗的长河
乘着民族复兴的巨龙远航
和谐社会正是幸福的大宴席
粽香沁透中华儿女的心房

（原载《中山日报》，2011 年 5 月 12 日）

黄　河

黄河是一名托起华夏魂魄的骑士
不然，为何我一望着她
如同看到穿越山川平原的骑兵
黄河是一条亮丽无瑕的连衣裙
不然，为何我一瞅她
恰似看到各民族姑娘们身上的花群
黄河是一汪滚滚不息的麦波稻浪
不然，为何我一盯着她
仿佛看到金黄的麦穗稻谷随风飘荡
黄河是一位奉献甘香乳液的母亲
不然，为何我一瞧她
就像看到怀抱自己儿女喂奶的娘亲

（原载《诗歌月刊》2009 年第 9 期）

草根赋

岁月的旋律
被我无意中
枕入洁净梦境里
高歌咱的草根文化
季节忙碌地为我描绘
人生所有的色彩
从蓝天与白云的柔情中
从海浪与礁石的对话间
从那低吟的歌喉里
四处可见萌芽着咱的草根
正茂盛地生长着骨气和正义
我多么需要歌声的滋润
因为雨季不是生命的版本
无论粗糙的歌词有没有过滤
我都能品味出你的健美
我多么需要真实的体温
如果寒冬笼罩了热血
如果让季节失去了温度
岂不是让热烈的太阳深感惭愧
也许我会让灵魂去实践
轻轻地深植草根的希冀
放开一切凌乱的思绪
相拥一缕清风漫步草根故里

（原载《诗歌月刊》2009 年第 9 期）

章 晖

章晖，笔名南杉儿，中山市作家协会会员，中山市诗歌学会会员。有作品发表于《现代青年》《中西诗歌》《诗潮》《羊城晚报》《香山诗刊》等，入选多种文选，出版个人诗集《光阴辞》。

父亲的遗书

父亲将遗书留在山后的松柏上
风成为贴心的书童，松针呜呜地写下密麻的小篆
虬枝举起小拳头，喜鹊张开小嘴巴
陪我一起默读遗书中有关乡村的骨气与命运
那些由父亲豢养的山雀绕梁飞
从此，一个补丁打补丁的老人
隐于老林深陷的眼中
我的后半生将动用雪融，秋水
滋润老林那双眼

[原载《中国网络诗歌精选（2010—2011）》，青海人民出版社 2011年版]

石 斛

仅仅是一种植物
却有着杂技演艺的生涯
空中倒挂。古树上飘移
于众树列国荡秋千
单薄的身子
青翠。修长。半生不死
不同的命途有着不同的面相

它一再交代
在顽石中繁衍出的子孙后代
要带着铁的介质返璞归真

许多时候
有无数影子在水泥仿真的古藤
也像荡秋千一样匆匆闪过
让人立刻想到
那会不会是转世的石斛

（原载《中西诗歌》2017 年第 1 期）

晨 景

一枚朝阳饮秋露
沿着光亮的额头徐徐升起
练瑜伽的妹妹于女贞树下
弯成晨归的新月

扁豆花的蓝最干净朴素
小蚂蚁将一根豆角丈量成天桥

我吹秋风。顺着走逆着行
结拜一岁一枯荣的草木为姐妹

（原载《诗潮》2018 年第 7 期）

周庄，捧着诗意的乡愁

来周庄，就要坐上乌篷船
水自会测试姓氏。并滴血认亲
摇橹船娘的歌声嘹亮。眼波清澈。辽阔
她会搂着你的孤独，舀起千年的时光
也舀起千年的母爱
与泉福寺的和尚一起撞响晓钟
让清脆的啼哭声诞生
让远行的步履带上福音。让晨归的游子枕上安宁
让湿漉漉的朝阳从她的指间升起。撒下金币
让昨夜的月亮从她的额头滑落。梦回大唐

在周庄，乡愁是南湖秋夜酿出的 52 度烈酒
觥筹交错。繁花飘落。父辈们面色酡红
像蜡梅开在雪地深处
深到隋唐贞丰里的长廊。深到北宋词阙的老巷
也深到母亲缝补的乳名里
让船恋着岸走。岸踏着歌行
歌提着水乡的摇篮
捧出了月亮湾诗意的乡愁

（原载《记住乡愁·诗意周庄》，团结出版社 2018 年版）

周庄，一处世外桃源的水乡

当周公拾掇镰刀茶具。拱手捐出宅地
一座善心上的全福寺便站立起来
从此，周公也成为寺中隐身的菩萨

千年来，舟楫谱曲。骑楼水阁吟唱
音符滴落水面。细雨般叮叮咚咚
古戏台上的昆曲唱成周庄的瑰宝
玉燕堂的燕子衔着清朝的新泥忙于筑巢
蒲田的芦花扎起大雁的发辫
急水港放逐片片白帆。像放逐激流的青春
沉默的钥匙桥。石拱桥深情凝望
宛如游子凝固的目光
那黛山婉约。云树相聚。麦青花黄。古柳迎荷香
勾勒成一处世外桃源的水乡

（原载《记住乡愁·诗意周庄》，团结出版社 2018 年版）

周庄，一曲萦绕千年的水乡谣

生于水。居于水
每个摆渡而来的人。总会干净地离开
由水抬高的石桥。化缘的寺庙
由水绘下的青瓦灰墙。砖雕门楼
由水谱曲的民谣。唤大的婴儿
由水擦净的天空。延伸的浅梦
都被你——我的周庄
深情地演唱。直到歌声
刻录成一张小小的磁盘
藏着侠骨柔肠的密码
由时光破解千年

上善若水。宛如岁月善待于你
宛如一滴水撼动了世界
宛如青石板上的足音
落进了一道道阿婆茶中
喝上几口，便能品出故乡的原味

（原载《记住乡愁·诗意周庄》，团结出版社 2018 年版）

徐　林

徐林，中山市诗歌学会监事，中山市作家协会副秘书长。著有诗集《画心》《柔软的石头》。

空房子

许久了，在一棵核桃树下
茅草的屋顶，黄土夯实的土墙
孤单地站在我童年的记忆中
住着两个老人
六十来岁的儿子总是坐在门口
门内的黝黑让我不敢
向里窥视
迎面而来的风
吹来孤独，深入骨髓
那时我害怕
从房屋门前的小路经过
总是绕着走
越绕越远，直到绕进了城市
离开了村庄
当我重新回来
它就成了一所空房子
老核桃树更加孤独
叶子在风中瑟瑟发抖
甚至不再有孩子
在树下捡拾熟透的核桃
仿佛空房子旁边的两座坟茔
是一双眼睛
依旧在紧盯着，不允许去捡拾
他们已经无法捡拾的果实

（《红豆》2011 年第 5 期）

暗　示

你得承认，我们都有
亚麻布的内心。包裹着的
不愿由别人随意揭开
即便不是什么秘密
而是几件静物——苹果
香蕉，青花瓷
也更愿意在静夜
独自打开，让它们倾泻进
夜的镜子里
你与它们的映像对视
交谈，善与恶互相纠缠
人与鬼的幻象，交替
你该怎样重新审视自己
或者得到暗示
将亚麻布的内心展平？
我要在镜中燃起一盏明亮烛光
弹响坦诚的吉他
把虚伪丢进深深的梦

（《红豆》2011 年第 5 期）

救　赎

我静坐，无法阻止
时间的细沙
在夜漏里流逝
如自一个梦中惊醒
却无从记起
梦的内容
我一页页翻过网页画面
沙沙作响，我听闻
雨幕落下的声音
我眼见
腕上的手表秒针
不歇地跳动
我不可救赎
它们都是
赫拉克利特的河流
更无法两次踏进的
时间的河流

（《红豆》2011 年第 5 期）

鹿

鹿闯进我的梦里
鹿蹒跚着起身、学步，想走出高傲的步伐

鹿到溪边饮水，试探着水的深浅
鹿继而低下头，含住汲水的管子
鹿抬起渴慕的眼睛
鹿把眼神抬高几分，天空跟着抬高几分
鹿眼中的闪光明了又暗

鹿有些沮丧，尽力地伸长脖颈
鹿的长颈增高一些
鹿又长出虚荣的犄角，试图让自己显得更高
鹿看见天空也跟着增高了几分

鹿仰望着高高的天空，感到自己的渺小
鹿不管多用力只够得到几片新鲜的叶子
鹿想放蹄狂奔，向前伸长脖颈
鹿失重了

鹿跌进我梦的深渊里
鹿跌落的声音，把我从梦中惊醒

（原载《现代青年》2014 年第 3 期）

湖

我梦见我们站在湖边谈论起生命
湖水很安静

它宽阔、丰盈，对岸
是充满未知的旅程
湖面与天色相交，朝阳上升
湖水荡漾着迷一样的波澜

有人迈着平稳的步伐
看尽翠绿青葱与枯黄沧桑
湖岸一路弯曲，水鸟在空中盘旋往复
夕阳下，湖水一片祥和

有人刚起程就到达了终点
有人倒下或淹没在途中
湖岸站在远方
风掀起湖水的微澜

请告诉我生命的长度，我自己来规划行程
临死之前，我将自沉于湖中
一艘快艇划开湖面驶向远方
——波浪拍打着堤岸

你说：哦。湖水很安静

（原载《现代青年》2014 年第 3 期）

阿　鲁

阿鲁，湖南衡南人，现居中山。著有诗集《消音室》。

保罗，你应该去维也纳
——献给策兰

保罗，你应该去维也纳
从那里，完成你自己
雪下到眼睛里了
这人工制造的冬天到处都是
但维也纳不是

保罗，你应该去维也纳
这水做的城市虽然危险
那里有你的骨头，去找到它

你是乌克兰的孩子
你是乌克兰流失的血
德语里的骨头早被你拆除
在那里你完成了你另一个
塞纳河完成的，整个世界都完成不了

然而你在巴黎，不在维也纳
然而你也没在巴黎，你一直在乌克兰
然而你也没在乌克兰
一堵高墙把你关押在黑暗深处

那些倒下的灵魂
整夜都在哭泣
而德语已成为你的牧羊人
——塞纳河完成的，维也纳

也完成不了。英格堡也完成不了

如果你在维也纳
那里也会有一条河
但英格堡不是河
保罗，在水里
你擦干泪水
和血了吗

那流向东方的河流
也流进了汉语
一些人忙着拆除汉语的骨头
就像 60 年前
拆除你的骨头那样
一些人举起了鞭子
就像海德格尔举起
德语的鞭子一样

哦，保罗，一小罐蓝
只能缓解一小块黑暗
在水里，你擦干泪水
和血了吗
还有那巨大无边的
黑色的雪

（原载《中国作家》2010 年第 9 期）

火车上读 《曼德施塔姆夫人回忆录》

她的脸就像这片辽阔的树林
一小片灯光
让我从她的黑暗中脱身

事实上，并没有一盏灯
可以照亮她。在黑暗中，不被看见
比看见更真实，更令人绝望

就像她要开口说话
一只鸟从太阳底下飞过
而整片树林都在等候着，默不作声

（原载《中国作家》2010 年第 9 期）

悼特朗斯特罗姆

一只鸟，在黑暗中醒着
不需要语言过多的包容

沉睡的天空，橡树之上的星宿
只有它能唤醒

特别是在风雨平息的夜晚
当它收拢翅膀时

（原载《中国作家》2010 年第 9 期）

阅 读

黄昏时打开窗户
才发现下过一场雨
微寒的雨意涌入房间
不由心生喜悦
好像一生的阅读
不过是为了更好地理解
这雨中的寒意

（原载《中国作家》2010 年第 9 期）

妍　冰

妍冰，广东省作家协会会员，中山市诗歌学会理事，中山市作家协会理事，中学语文高级教师。著有诗集、长篇小说多部，曾获香山文学奖等多种奖项。

我送你满雪乡的绍兴

给你拿酒来了给你摆上了宴席
在这寂寞可爱的子夜
邀月光　邀繁星　邀来我陪你
听吧倾听我发自心灵深处的馨语

你抱着小桥流水我抱着古老的乌篷船
与你同醉　醉在我送给你的满雪乡的绍兴
你把所有的心语撒向沈园的星空
落下三颗无奈莫莫莫

人生的无奈写满岁月悠悠
三滴流星点缀了奈何桥头
三生石上刻上的缘啊
此刻只有红酥手　何处寻找黄滕酒？

（原载《诗林》2015 年第 1 期）

用简单的手语叩响一段别离

落雪时　你背起行囊踏雪而去
足音和箫声一起　渐行渐远
再见是个裹着泪珠的词
轻易就把沉睡的痛楚唤醒
柔弱的神经　被它针一样刺痛
推开窗子　接一片雪花在手
融化的是思念的泪滴

走出咖啡屋　将心情刻在雪人里
雪人就灵动起来了
我伴着他　守候一世孤单
简单的手语叩响一段别离
雪化后　你留下一个孤零零的春天！

（原载《诗林》2015 年第 1 期）

穿越梦的距离　读你

一年前意外相遇惊醒我五百年的沉睡
从此苏醒的脚步紧紧地　将你追随
长亭古道　十里江堤
从此　蓝色梦境染蓝了一江秋水

走近你形影相随长天皓月千娇百媚
你给我一把心锤你说只有它
才能打开你的心扉
一把心形钥匙　它凝结着几世珍贵?

我将密密的心思串成一帘翡翠
我把浓浓的深情化作一缕梦回
在叮叮咚咚的伴奏中
读你千遍　无倦无悔

今夜月光如洗我来轻启你的心扉
幻化成你窗前的花影
演绎着平平仄仄的故事在东湖沉醉
我的心就穿越了梦的距离
读你千遍　无倦无悔

（原载《诗潮》2016年第1期）

冬夜　白兰地陪你

今夜白兰地陪你
陪你幸福陪你痛苦和你一起挣扎
当那透明的液体浸入
你也立刻通透明朗
希望在不可名状中升腾

夜色似迷失了主题
孤独如此绚烂
那条经常走过的道路依旧沉静
谁的泪砰的一声砸疼了酒杯?

一个人的旅途写满孤独
你笑着紧握船上那支橹
不经意你会听到遥遥处
母亲轻轻地哼着思念的音符

淡淡的诗　温馨的月舞动着诗意的霓虹
冬夜有紫荆悄然说着心事
用思念轻叩一扇洒满月色的窗棂
寂寞点燃了惆怅
伴着湿漉漉的文字起舞!

（原载《山东诗歌》2019 年第 3 期）

陈 芳

陈芳,湖南澧县人,现居中山市,广东省作家协会会员。作品入选多种选本。

黑夜, 一块透明的镜子

灯如水
以为静安身
星斗下
黑暗渲染的夜色却暗香汹涌
霓虹的刀锋
划破夜夜笙歌
其实真相与假象,如表皮下的血管
一捏即破
屋子里,容忍了多么慌乱的牺牲
星,是思念的人一个多么虚无缥缈的记号
睡下了,夜还能听懂什么?

此刻,夜多么的疲惫
就像我弄伤了失眠的故乡,独我清醒
你看多么小的世界
我们活着,如此平凡
而欲望、贪婪、冷漠呢?
它们却是时刻在磨一把利刃
这个世界,只有嗟食者如我一样
假虚伪,真麻木
目睹者,已经成了可怕的失语者
我在一块透明的镜子前发问
多么愚蠢

(原载《澳门日报》,2017 年 9 月 13 日)

泥 土

一挨到土
就想到了泥土般发黄的年轮
原以为生活很厚的
有些缝隙
父辈们好似一生都在缝补
多想如一根藤蔓
也能偶尔把旧恋抛弃得很干脆
你看昨夜的冷暖都可以打出抱歉的喷嚏
物是人非
醒过来的人走了很远
走远的人
只能把捏碎的泥土信物般藏着
那一堆被残酷浸泡的心事
却又会变得更加偏激
有些恩收下了
退回去又残忍了些
不插入泥土
哪能看清一些真相与假象
因为一粒伪装的种子终究会在季节里曝光

（原载《澳门日报》，2015 年 11 月 4 日）

子夜的小村

听到了大地平和的呼吸，子夜的小村
像解开了纽扣的身体
如此的坦荡
这一刻，我们顺从地卸下了时代的面具
哪怕太多逼真的声音在越压越低
也无法忘怀一头牛与一捆干草
在子夜弹出的悲伤
就连那夜归人，也在害怕一些漏下的光
抖出生活里，那一截截泛黄的枝蔓

躺下来，梦像插入泥土的庄稼
今夜的河流，已打捞不出可以弯曲的思想
时间是一盏拧不亮的灯
却分辨出了万物不同的宿命
这一刻，我们在承受着世界的简单与复杂
任由干咳、犬吠、呻吟，散落一地
让千奇百怪的影子，挖掘着自己的坟墓
当念头胜过了无处安身的虫鸣
子夜的小村虽静，似乎也暗潮汹涌

（原载《绿风》2013 年第 6 期）

收　获

雨后
骨头都松了，像庭前的草一样
我忘记了一些庸俗
剥开阳光
风，在迷路后走失
树叶看到了我在河面的影子
正追赶着一只蜻蜓
我们似乎成了一双结伴而舞的
蝴蝶

几朵激情的荷
在河床上忘我地滚动着
河边的稻田
这个安在泥水里的锅
只几把插下的秧苗
就救活了
整个村庄

（原载《风流一代》2013年第8期）

苏华强

苏华强，中国少数民族作家学会会员，中国楹联学会会员，中山市作家协会会员，中山市诗歌学会会员。出版个人诗集《古今对画》，合著诗集《未知的旅行》，合著散文集《行走的风景》。

相信那一天

我相信有那么一天
不再为买不到回家的火车票而发愁
不再为儿女的入学而到处奔走

我相信有那么一天
可以告别冬天阴冷夏天闷热的铁棚出租房
可以住上用汗水参与建造的高楼大厦

听工厂的老板说
我们生产的家电下乡了
也许我亲手装配的电器已在边远的老家落户

我跟老爸说
我进城打工了
但至今不敢对他说我还没找到可以歇脚的地方

城市的夜晚霓虹闪耀
长街的路灯把我的影子拉得很瘦很长
辛苦你陪着我羁旅漂泊

我相信有那么一天
不会再让你受苦流泪
我对影子说

（原载《诗林》2015 年第 1 期）

生活中的等待

我被狠狠地堵在上班的路上
前后左右除了喷着尾气的车
繁杂的抱怨声奔出车窗外
碰撞着前后长长的车龙

我知道距离目的地的路还很漫长
时间在夹着香烟的指缝间缓缓流走

有时无可奈何也许是一种
全新的等待
生活的告知就是
等待一个机会或是一次邂逅
等待一个结果或是最终的选择

（原载《诗林》2015 年第 1 期）

沉　香

我轻轻地闭上眼睛
想把喧嚣隔绝
好让一缕幽香沁入身心
我想闻出沉香的故事
听听沉香的声音
读懂袅袅中的神秘

我不能逃避世俗
只能稍做缓步
不经意地走进沉香的世界
与君初相识
犹如故人面

原来　这一缕的香魂
竟是千百年的练就
原来　这点滴的珍贵
竟有历尽苦难的伤痕

古琴悠悠馨香淡淡
静静地
我的心要随香风飘逸
我要把一切神伤忘却
任凭日子过滤
从此把你记住

（原载《诗歌月刊》2016 年第 2 期）

流水线

流水线传送来了半成品
我熟练地取下
插件安装测试
快速完成
不能出错
不能停顿
赶快放回传送带
目送它往下一个工序流转

我也是故乡的流水线上
传送来的半成品
经过一双双手
熟练地取下
重新装配，再反复测试
终于变成成品
摆在社会这个大商店里
售卖

（原载《诗潮》2016年第1期）

雪

是瑶池散落的花瓣
遇上人间的烟尘
就成了白雪
雪花纷纷扬扬
飘落在我的肩上
融化在我的心里
我看见绽放的梅花
寒冬中与白雪尽情拥抱

小路蜿蜒
白雪层铺
掩盖了我来时的足迹
淹没了一切喧嚣
我想读懂雪中的玄机
眼前
白茫茫一片
大地真干净

（原载《文学报》，2017 年 11 月 2 日）

雨　夜

我以为
已经把你的影子
藏在一个无法触及的地方
可是　雨中一瓣飞花
就把你清晰地描绘

我以为
时间真的能冲淡一切
几行短诗
就激活对你的思念
原来忘记你是不可能的事

我害怕雨天
雨天有我们太多的故事
相识是一场雨
离开也是一场雨
我不敢回忆
因为回忆会带来痛苦

雨夜的背影
零落了我的忧伤
隐约的路灯
踩碎了我的心事
我在雨中等待
撑着雨伞的你会向我走来

（原载《诗潮》2016 年第 1 期）

曼陀林

曼陀林，原名刘国秀。有诗歌、小说发表在《诗刊》《诗选刊》等，作品被推介到美国、加拿大、澳洲、新加坡、中国香港。

意大利： 仰望佛罗伦萨大教堂的穹顶

止步。沿螺旋形阶梯。而上。

目光。在空间的节奏。攀登。463 级台阶。变幻出

卡拉拉白色。普拉托绿色。马雷马粉色。

这庄严的美学。力学。光学。

被布鲁内莱斯基排列。

以鱼骨式嵌入。文艺复兴的始祥地。

生出面容雍容繁复的浮雕。

眼见人们在喧哗。骚动。

在欢乐颂和失乐园。来回颠簸

齐伯林派。盖尔非派。的纷争。黑死病。

穹顶和众神是默许的。

永日是灵魂家园。

人们唯有垂首。手捧百合花。

站在拉丁十字形下。

面对穹顶的"末日审判"。忏悔。

让时间的轨迹。滑动。

美第奇家族。不再是书写穹顶未来简史之人。

任谁也不是。

（原载《诗刊》2018 年第 11 期）

请把我埋浅一点

一只鸟
惯于跃上树枝
摇晃
再摇晃

城墙
兀自古老着
夜色　又厚了几寸
穿不过
虚构的行程
死于　时间的挤压

散落的羽毛
请用七月的泥土
埋葬
最好浅薄
能随一场山雨　偶尔浮上来

（原载《诗选刊》2010 年第 9 期）

站在远处望着你

梁君　是我召回了
潜近你的文字
这些皮肤温热的小可爱
谙熟水路
密藏阴谋

梁君　一道弧线有多美
我不让你看它跌落
它会弯许久
低许久
哽咽回二月的内部

梁君　我忍不住叹息了
春天刮到了别人的树下
你将看到风　更倾斜
雨水更悱恻
你看不到我
我站在多年以前
你站在多年以后

（原载《诗选刊》2010年第9期）

我的忧虑是徒劳的

城市的上空
有形状各异的雾霾
撕扯　纠缠　四处扩散
很快　乌云就要压弯树上的枝条
顺势压过我的头顶

好吧　我低下头去
不再注视这人间的疾苦了
多个国家为民族气节　利益冲突　炮火纷飞
多个地区地震　海啸　台风　山洪
多个城市楼市蛀空蚁族
多个村庄丢失姓氏

霜降前夜
请用冰冻三尺来封存我的视觉　听觉　嗅觉
此刻　我是如此渴望病入膏肓
如果我尚存一丝知觉
这个冬天
面对呼号的北风
我始终无计可施

（原载《诗选刊》2014年第5期）

老 乡

一定是在外省　这样相遇
头靠头　杯碰杯
手紧紧攥着　一直不松开

一定是最烈的酒　经过喉咙
往高潮里喝
说着含糊不清的方言
窗外的月光是多余的
出租屋是多余的

一定是摇晃着身体　再到歌厅
喝扎啤　掷骰子
吼两嗓子　跳《小苹果》
一定是瘫倒在地上
最后将歌　唱到哭起来

（原载《诗潮》2016 年第 1 期）

马时遇

马时遇，中山市作家协会理事，中山市诗歌学会会员，中山市网络作家协会副主席，现居中山东凤。

小贩渡江

时光推着浪花
浪花推着云
云推着那辆陈旧的　生活

（原载《诗潮》2016 年第 1 期）

独　白

日子的枝丫架起半边月亮
乡风裹着远方
冷冷的　暖

（原载《诗潮》2016 年第 1 期）

空　巢

长大的鸟鸣被天空拐走
一棵老树守着
冷冷的月　圆

（原载《诗潮》2016 年第 1 期）

琴弦下的秘密

流水　潺潺
一曲暗喻　醉了
细心的耳朵

（原载《诗潮》2016 年第 1 期）

黄　昏

远山　捎来一缕炊烟
腌出两行
斜斜　赶路的月光

（原载《诗潮》2016 年第 1 期）

脸　谱

那张底牌。我猜了又猜
你笑了，像一朵狡黠的花

（原载《湖南日报》，2015 年 10 月 23 日）

杨官汉

杨官汉，籍贯广东省中山市，出生于澳门，副教授。有诗歌、散文、文艺评论及格律诗词散见于各大报刊，著有诗集《日月同行》（作家出版社2008年版）。

花的化石

守望，沉思，
保存着不死的生机。
花瓣里依然斟满了亘古的阳光，
是否等着谁人来摘取？

多少佳人想把你采撷。
为什么总是不肯离去？
为什么冰冷的石头。
却可以亿万年把你留住？

（原载《人民文学》2003年第12期）

醉龙舞

敬酒、灌酒!
酹酒、泼酒!
出庙的醉龙纵情狂舞,
舞龙的汉子更加抖擞。

与其在沉闷中蛰伏,
不如在阳光下醉倒!
动地的鼓点是龙的心跳,
轰鸣的鞭炮是我的呼号。

与龙共舞,心也飞翔,
舞落漫天星斗;
与龙共醉,酒入豪肠,
是破壁腾飞的感受。

舞醉龙,酒醉心清,
醉龙舞,醉极犹醒。
舞龙的汉子有了龙的灵性,
飞舞的醉龙有了人的大脑。

(原载《人民文学》2001 年第 3 期)

老邻居

她说，他听；
他说，她听；
再后来，他们说，
我在隔壁被听。

现在呀，两鬓苍苍，
小院的杨桃树下，
他们相依而坐，
很安静。

（原载《诗刊》2008 年第 22 期）

丹顶鹤

风起了，湖上、天上，
白云苍苍，芦荡茫茫。

一只丹顶鹤，踮起一只脚，
迎着风唳叫，在水的一方。

在这空旷的远方，万籁无声，
在这清冷的早上，引吭高歌。

它相信总有一阵风，爱情会回来，
风来啦，它张开羽翼，却没有飞翔。

（原载《诗歌月刊》2009 年第 10 期）

汉　字

汉字
有众多的同龄兄弟：
古埃及的，
古希腊的，
苏美尔的，
巴比伦的……
有的寿终正寝，
有的告老还乡；
只有汉字，
朝气蓬勃，
永远年轻。

全世界的文字都来了：
有的财大气粗，
有的朴实无华，
有的典雅高贵，
汉字温馨提示：
请按笔画顺序入场！

全世界的文字都来了：
有的朗朗上口，
有的铿锵铿锵，
有的叽里呱啦，
有的顿挫抑扬，
汉字发出第一个声音：
请按部首偏旁就座！

全世界的肤色都来了，
全世界的声音都来了，

全世界的关注都来了，
孔夫子上第一课：
教会第一个字——"和"！
和为贵！

汉字，
从从容容，
正正方方，
有时平平稳稳，
有时凤舞龙翔，
铁画，银钩，
匀称，端庄，
万千风流。
浓浓中国情，
浩浩中国风。

（入选 2011 年中央电视台大型文化专题《我们的节日·春节——中华长歌行》"走进中山"，节目在央视一套和央视十套播出）

教室里的春天

老师：春——
孩子们：春
老师：（指窗外）春天的春。
孩子们：春天的春
老师：（一字一顿）春，是春天的春。
孩子们：（兴奋地）春，是春天的春——

（原载《诗刊》2008 年第 22 期）

贺绫声

贺绫声，原名郑国伟，摄影爱好者，澳门诗人，祖籍中山。曾获多届澳门文学奖新诗组冠军。著有诗集《时刻如此安静》《南湾湖畔的天使们》《遇见》《彩绘集》《迷路人的字母》。

雨天尝茶

你是一杯茶，初尝是苦，再尝是甜，最后我把杯子打碎了。

——题记

每天路过汴京茶道馆
便想起你的香味
甘涩、清甜
犹如人世间的暧昧

你我在此相遇相爱
共饮一壶岁月
忘却窗外风风雨雨

你悄然离去那年
雨声喧哗，冷风如割
我捧着杯子
看自己泪珠
一颗
一颗
落下

如字
化成一封瘦金情书
在水墨沉静之间
唤你的名字

（原载《中国作家》2016 年第 6 期）

挨近雨的体温

雨瘫痪了夜空
一只弃置的猫
冥冥中，再次被风摇摆不定
耿怀于旧日主人

斑斓四射的黄金时代
它仿佛知道
最好的爱情和最甜的食物
并不能共存

路过　许多无法共享的心窝
它奋力一跃，全力倾诉
犹如今夜的雨最后触及了永恒底线
街上空空如也

（原载《诗歌月刊》2016 年第 2 期）

定 义

秋末
树以为掉下
众多枯叶
园林自此就不再荒凉

我以为
秋季结束了我就开始幸福
我以为我结束了秋季就开始幸福

（原载《诗歌月刊》2016 年第 2 期）

步　缘

步缘，本名郭道荣，现居中山市坦洲镇。《绿荫诗报》主编，著有《华海路的夜色》等多部诗集。近年致力于公益写作事业，担任岭南诗歌班（诗歌公益事业）班主任兼导师。2014年获首届苏曼殊文学奖提名奖。现为澳门城市大学国际旅游管理学院博士生。

乡　泥

开往珠海的客车毫不犹豫将我载上
我像外来者在自己故乡流浪
需要赶上一辆长途汽车，回到自己的家
这里的红土紧紧地粘住我的皮鞋
像二十年前我在这里求学
踩着红土上学和干农活
红土粘住皮鞋，静静地躺在塑料袋里
像那个女孩，或许首次出门
跟着许多老乡到特区寻找新生活

（原载《诗歌月刊》2016年第2期）

窗 外

窗外，树叶剪碎阳光
让大地的心情零零散散
她打开车门，蹬着高跟鞋
正对另一靠街边泊车的男子
下达有如微风般柔软的命令
茶馆门口的女服务员像刚从唐朝走来
让历史味儿充斥昏昏欲睡的午后
我随后在书海的涛声中睡去
梦见破碎阳光散落满地的冬天

（原载《诗歌月刊》2016年第2期）

曹启正

曹启正，中山市作家协会会员，中山市网络协会会员。1998 年开始发表作品，作品刊登于《星星》《诗歌月刊》《诗林》《广西文学》等期刊，《工人日报》等报纸。

回家的路

每到过年
坐车的事情都上演了一场纠结
早些年
坐绿皮火车
二十多个小时的颠簸
总让我轻易臣服
母亲会早早地站在村口
迎接我的疲惫
泪花溢满她的眼眶
喃喃地对我说
你瘦了

现在
我乘坐高铁
只需几个小时的车程
我却觉得故乡远在天边
母亲已变得步履蹒跚
泪花依旧溢满她的眼眶
喃喃地对我说
你胖了

在胖瘦之间
我躲不过中年的劫

应酬　熬夜　久坐电脑前⋯⋯
母亲啊
其实
我多想瘦回以前
多想看到当年村口
迈着矫健步伐的自己

以前回家过年
我的行囊里总会少不了一些糖果
您总是把我在异乡捡拾的甘甜
津津有味地咀嚼

如今
年关来临
站在花花绿绿的年货大街前
在糖与甜的选择上
我已变得手足无措
我要再三掂量
血压、血糖、血脂
与您的瓜葛

站在异乡的街口
在寒风逼近的年节里
我的眼眶里溢满了泪花
面对熟悉的城市
我还是虚构了一脸的幸福

（原载《南方工报》，2019 年 2 月 25 日）

我在工厂里认识了世界

每一天我都会守在流水线上
像夜晚鸟儿守住山林
我亲手组装的咖啡机
犹如我下班后怀抱中的婴儿
我知道一个叫货柜的快递员工
会漂洋过海送它们去
美洲、欧洲、日本……

在生产车间
我活跃的思维
常常没有灵感
更不能妙笔生花
写不出一句赞美产品的诗句
多像父亲手中生锈的锄头
在田间笨拙地不能耕耘

记不清多少个日日夜夜
我将梦想寄放在
永不停歇的流水线上
我要拧紧每一颗螺丝钉
我知道它们一出了国
就会有一个好听的名字:
中国制造
美洲和欧洲的电压不一样
时时刻刻
我不能将它们的身份混淆

质量栖息在我的骨头里
责任躲在我的汗水里疯长
等到异国飘来咖啡的清香
在晚风送达之前
我便风雨交加地幸福与感动着

（原载《工人日报》，2018 年 7 月 9 日）

高山松

高山松，本名黄友松，现居中山，中国诗歌学会会员，湖北省作家协会会员。出版著作《风光无限大别山——高山松诗歌评论专辑》。

用一座太仓替你还债

如果可以
请允许我用一座太仓替你还债
无论你筑多么高的债台
我都是债台上的一棵松树
我把一些松针扎成马尾的形状
盘在你的头上
另一些环绕你的臂弯，做出迎客的姿态
我还要把你派遣的形容词和副词
都招到麾下，缠绕成一粒小麦
一粒玉米和一粒黄豆
难道太仓的老鼠就是你的债主
它怎么会有如此锋利的牙齿
一口把织女庙的传说咬掉了一半
把一轮圆月咬成一把镰刀
收割从太仓里
逃逸出来的神话

（原载《诗歌月刊》2014 年第 9 期）

太仓的月光被一个节日拉长

当太仓的月光被一个节日拉长
我看见两只蝴蝶从庄周的梦里飞出
把秋天追得无路可逃
把一片落叶追成一枚书签
山风和鸟鸣
是织女用太仓养大的两个孩子
一个追赶太阳一个追赶月亮
追赶太阳的变成了后羿
追赶月亮的只带回一把斧子
我怎么也想象不出
后羿的神箭怎么会变成丘比特之箭
而带回斧子的吴刚
怎么会砍不倒一棵桂树
原来那两只蝴蝶
始终没有穿过昨夜的黑暗
被搁浅在黎明前的浓雾

（原载《诗歌月刊》2014 年第 9 期）

在太仓岂能错过七夕

我已经忘了
一朵桂花是怎样坐上七夕的枝头
星星没有点灯
月亮也羞于启齿
把一轮弯月支在太仓的屋檐多么奢侈
把一个传说供在织女庙里多么神圣
一个节日不会就此老去
那枝红杏也不会无缘出墙
牧童的柳笛已经在白云之上吹响
我在太仓又岂能错过七夕
坐等华灯初上
坐等打马南去的人
把心中的风铃吹成狼烟的号角
我才能走进厨房
把未了的一段孽缘水煮
然后油炸

（原载《诗歌月刊》2014年第9期）

卷一　我多想像大海的浪花一样

169

卷 二

你我是幸福的模样

杨万英

杨万英，广东省作家协会会员，中山市诗歌学会理事。著有诗集《潦草》《岐江之恋》，作品多次获奖，并入选多种选本。

五桂山：沉香之夜

一缕沉香，如何隐忍斧斫刀砍
深入骨髓的伤？
如何年复一年，安于泪水浸泡
泥沙俱下的命运？如何
深藏了向死而生的决心？

今夜，终于遇见你
那个她前世今生里，以奔赴
绝望和毁灭的形式，都在
等待的有缘人

现在她婉约、澄明、空旷
气定神闲，仿佛从未被伤害
她款款释放山林清气，草木芬芳
萦绕，逸散，低回，袅袅
不绝，不轻浮，不沉重
会意了菩提之禅，庄周之适
嘘——
她如此轻易地
安顿了一颗焦虑、狂野的心
恰如那扇雕花的木格小窗
轻易留住了一弯白木香树梢上
瘦腰的月亮……

这越来越幽深的夜晚

牛羊归栏，五谷归仓

亲人安睡，群山安详

坐在岐江里的光阴，不慌不忙

不慌不忙的，还有缓缓下垂的银河

它永恒的悲悯之光

接纳了你的沉溺

你不能自拔的俗世之爱

接纳了五桂山

辽阔的寂静和神奇的美

注：中山五桂山自古"多产奇异花卉，香溢数十里"，其中的白木香树受伤后可结"沉香"。

（原载《星星》2015 年第 10 期）

雨后行树木园

玉兰花香浮在半空，开出禅意
树木园借雾气和暮色隐身
但我们还是追随它的曲线
醉心于它低调的起伏

有水顺坡而铺，没及脚面
那凉是体贴的，刚好消了夏日暑气
茶花谢了春心，散居于山林
它沉湎其中的回忆渐成暗绿
把我们的肺也染绿了

扶桑行事一味文艺范儿
赤红、粉白、鹅黄的诗句
随手扔在半坡、山谷和湖堤
被蝴蝶、蜜蜂以及出水的蜻蜓传诵

拾级而上，青苔的心事越来越重
幸好一路有野蕨和酢浆草搀扶
不至于摔倒
蝉鸣飞走了，鸟鸣回巢了
偶尔一两声，加深了寂静

两个人结伴同行
沉默，低语或高歌
都像寂静过于喧嚣
绕园一周，脚步越陷越深
拔起来时，已长了许多根须

有那么一阵，我们干脆把自己种下去

觉得自己就是忘忧树
连时间也坐了下来，落花和落叶
簌簌掉到身上，仿佛是我们
在代替万物生长，轮回

（原载《星星》2017 年第 6 期）

情侣路

渔女身捐渔网
网住大海咸腥的呼吸
也网住晨昏和遥远地平线
到此一游　我看见爱如神祇
胸中块垒　就地搁浅了

大王椰阵列过于整齐
迎风行例牌注目礼
树下的卿卿我我　也是例牌
只是离开时　须借华灯初上
隐藏大面积阴影

光阴小憩　许诺了一身缓慢
目之所及　有浮云一别流水十年
半日消磨　就是生活在别处
只有鸥鸟告诉我　它还能
在生活之外飞翔

在情侣路　无论向北抑或向南
一个人的孤独　都远不止17千米
而一个人的爱　来了
便足以与苍茫携手
共享一片广阔而深邃的波澜

（原载《星星》2017 年第 6 期）

王捍红

王捍红，教育硕士，高级讲师。出生于武汉，现居中山。中山市网络作家协会秘书长，中山市诗歌学会理事，中山市作家协会会员。作品入选各类选本，并获各级奖项。出版长篇小说《天音里人家》。

印　象

以为越来越远
如青石板上渐行渐远的脚步
以为越来越淡
如冬日暖阳下的画栋雕梁

有一只埙在夜色中
反复地吹
不疾不徐　不蔓不枝
如轻诉的陈年旧事

旧事里挂满羞红的灯笼
灯笼火照亮斑驳的泥墙
泥墙边依着多情的芦苇
芦苇心事重重

重重的心事
被石桥载向远方
只有桥底的流水无声
涟漪在轻轻地荡

荡入清白的月光

荡出一圈圈忧伤

如纤纤十指下的那缕绣线

魂牵梦绕

深远绵长

（原载《诗潮》2018 年第 2 期）

夏: 伤逝

时光
漫过漆门前斑驳的土墙
那顶迷惘的草帽
从手中滑落
逆流而上

星光稠密
在西窗上剪下两帧影
家家和赵婆婆依墙而坐
轻声说着早年的事和命运的
因果

老蒲扇黑亮
吐着薄薄的凉
撩起的发上落满了霜
人最后都要去那里呢
散了 散了
墙角的蟋蟀如梦初醒
开始大声鸣唱

（原载《诗潮》2018 年第 2 期）

摘　星

无数闪闪烁烁的愿望
在星河里跳荡
沿头顶流淌
我把双脚长在土里
我把头发披散成四季
我不断伸展目光之手
想拽住
天边最亮的那颗星和
拉扯他悠长的影子

潮汐漫过
荒草盖过
根须向着深处纠缠
无声无息
月光把自己咀嚼成灰烬
那夜
仿佛听到星的惨叫和
坠入深渊的回响

梦里落下的
是一块冰冷的石头
你就像个孩子
走来走去
在久违的星河里
半惊半喜的　摘星

向下飞翔的蝶

最短的捷径
不过是从日出　走到日暮
暗黑低垂
来路和尽头都将陷落
只有孤峰峭拔
刺破浑然的天幕
所有的人　和鸟　和蝶都行色匆匆
我选择向下飞的理由
必然是撞见了大地的秘密

那些从深处钻出的精灵
盛放着生命的全部寓意
星河浩荡
蝶舞斑斓
我爱　如果告诉你
我的心不惧万水千山
你是否
也会寂然地欢喜

（原载《中西诗歌》2018 年第 6 期）

夏志红

夏志红，笔名中秋月，中国散文学会会员，中国电力作家协会会员，湖南省诗歌学会会员，广东省作家协会会员。著有《一首澎湃的歌》《经过爱情》《花山岭》。

距　离

乡村逶迤的水渠断了
一片片荒芜的田地
长满杂草和荆棘
山腰被一条高速公路缠绵
直通我快要倒闭的流水线
爷爷的犁沟
被打工的父亲拉出
一条直通的高铁
把村里的人掏空

汇聚成一座座热闹的城
我抛弃母亲青春垒起村庄
那栋辉煌钢筋水泥的窝
通过银行背回城里的一座山
匆匆忙忙奔波在车水人流的街道
心跳在那抛物状的红绿线上沉浮
梦却回到乡间的田垄
蹑手蹑脚地走着
生怕打扰了对门山坡上
爷爷奶奶那坟头里的宁静
我心里的那一亩三分田
距离愈离愈远
不再回头……

（原载《花山岭》，四川民族出版社 2019 年版）

村庄的失落

故乡的泥土
荒芜起来
村庄的孤寂的老人在耕种
孩子吃着超市的稻米
泥鳅没有了
黄鳝也没有了
老树不见了
乌鸦也无处藏身了
小伙子进城务工了
大姑娘远嫁不回了
山中的野狗快变狼了
那瘦肉身的猪
一坨坨精肉
兑换着花花绿绿的票子
把村口的水泥路
打得坚实无比
冬天的钢筋水泥房
冰冷冰冷
找不到村庄的炊烟

（原载《花山岭》，四川民族出版社 2019 年版）

阡 陌

阡陌，原名曹华锋，湖南湘潭人，现居广东中山。作品刊发于《大别山诗刊》《星星》《作品》《草原》《海峡诗人》《天津诗人》《香山诗刊》等刊物。曾获 2010 年首届《大别山诗刊》新锐诗人奖。著有诗集《桃李无言》。

登黄鹤楼

一定不是黄鹤
黄鹤早就一去不再复返

一定不是孤帆
孤帆三月就下了扬州

一定不是白日
白日早就坠入了黄河尽头

一定不是玉笛
玉笛五月就落尽了梅花

那会是什么
把我胸腔里潜伏千年的乡愁
从岭南，偷渡到武昌
化成晴烟和残雪

那会是什么
把我梦境里反复出现的女子
自远方，带来与我相见
偕同新柳和玫瑰

那会是什么
把我诗歌里久病难愈的病马
从墓地，牵引回来
医治顽疾和魅惑

那会是什么
把我肚子里白发苍苍的孩子
自唐宋，喂养到婚娶
跨越时间和空间

一定不是黄鹤
一定不是孤帆
一定不是白日
一定不是玉笛
是风，一定是风

（原载《星星》2011 年第 9 期）

十一月

你眼睛里有光
有成王败寇的花朵
十一月，我不会泄露你的病症
别再尾随我，渴望遇见
别再深陷轮回之渊
为什么要拒绝褪色的郁金香
醉酒者，是那样英俊
阳光那么冷，我追赶的乌鸦
躲在你脉管里，钻研刑法
你的祷告是一种庇护
温暖，漏洞百出

（原载《草原·绿色文学（增刊）》2011 年第 5、6 期合刊）

李干钱

李干钱，中山市诗歌学会会员，中山市作家协会会员。在省市级报刊发表诗歌、散文、小说等作品两百余篇。

走进春天

春天是一首诗
一缕花香一缕诗情
春天是一幅画
一抹柳色一抹画意
春天是一首歌
一声燕语一声清韵

我打开心扉感受春天
一丝春雨一点阳光
缤纷我心灵的花期
我张开双臂拥抱春天
一片绿叶一株青草
翠绿我生命的年轮

走进春天
我的心
融化成清溪里的一滴
我的梦
绽放成百花丛中的一朵

爱在春天

云淡风轻三月天
你踏着春天的脚步
裙裾飘飘款款而来
倏然走进我的心里

你来时捎一缕春风的温柔
悄悄拂过我的心田
你去时留一声春燕的呢喃
轻轻拨动我的心弦

一次最美的邂逅
是生命的一次开始
一份最真的情缘
是梦想的一次燃烧

春天如画
因了爱情的美好
爱情如诗
因了春天的美丽

（原载《政工参考》2015 年第 3 期）

湄渌

湄渌，原名黄金湖。出版诗集《海的畅想》、报告文学《中山人的世博情缘》（合著）。

士林夜市

像诗人的思绪
到了晚上才开始活跃
热闹
是深夜的灵感
越夜越是迸发

窄窄仄仄的街道
像老树伸出枝蔓
伸出了长长的小巷

店铺林立中
依然有着义乌的琳琅满目
依然有着北京路的击掌叫卖
这些来自它对岸的景致

一碗白米饭
随意铺陈一脸的零碎
喷着和了卤汁的肉香

蚵仔煎让来自海底的鲜甜
被面粉穿上保守的外衣
但又浇上了热烈的酱汁

凤梨酥方方正正的外形
像一个个木讷的小脑瓜

憨憨地盯着夜市上的人流

大功率的榨汁机在轰轰作业
混搭了一个盛夏的热带果林
知名的和不知名的海鲜
都齐齐整整地码在食店

（原载《海的畅想》，团结出版社 2018 年版）

在凌晨走回西门町附近的旅馆

卷闸门是商圈里的帷幕
徐徐降下
它以清脆的金属摩擦声
与我高跟鞋的回响
互道晚安

沐足店的广告灯箱
为西门町值夜
店里师傅用双手驱赶我足下的疲惫
操着纯正的闽南口音与工友拉家常

电影街上的数字影城与传统影室
还有潜藏于都市中的怀旧歌舞厅
和谐而处
午夜场收容或放逐着
一拨又一拨的灵魂
我甚至还听到黑胶碟的深情对白

流动的烧烤摊档
把夜生活继续延伸
烟火油腻了思绪

深夜出行的摩托呼啸而过
空留一串风驰电掣的背影
来不及看清坐骑上的追风者
就走回了西门町附近的旅馆

（原载《海的畅想》，团结出版社 2018 年版）

李代高

李代高，中山市作家协会会员，中山市诗歌学会会员。曾获得"春天送你一首诗"优秀作品奖。

大雪中给妈妈拜年

妈妈
湘西北还在下大雪吧
妈妈　我好想念您
真想插翅飞到您的身边
可我无法回家过年
都是大风雪　把路冻断
妈妈
大风雪能阻挡我的归途
却阻不断我对您的想念
更阻不断我
要回家看望您的心愿

妈妈　大风雪好大
地冻天寒
您要多穿几件衣服
注意保暖
您年迈体弱了
不要再站在村口的高坡上
望眼欲穿
其实我们母子
在梦中常常见面
此刻　您也在我的眼前
您慈祥的目光
能使我心中温暖
您叮咛我的话语

能让我抵挡更大的风寒

妈妈　我在几千里之外
望着北方　给您拜年
祝您身体健康　祝您平安
年饭可要丰盛呵
您要多吃点
吃些红烧肉　豆腐干
新鲜的鲤鱼
圆圆的茶叶蛋
家乡的苞谷酒也可饮几杯
让您心中充满愉快的波澜

妈妈
此时我在南方的海边
一切都很好　请您不要挂念
妈妈
大风雪很快就会过去
春天正向我们走来
妈妈　我们在春天里团圆……

（原载《羊城晚报》，2008 年 2 月 5 日）

竹篱外的牵牛花

一丛丛
一丛丛
低矮的身躯
在春风中
一改往日的习气
没有攀缘那些高枝

身躯虽矮
花朵却多
一个个紫色的喇叭
正在播着春天的消息：
先给大地
撒一些绿
再给大地
抹一些红
然后
再在人们的心田里
种一些
五彩的梦……

（原载《诗歌月刊》2010 年第 8 期）

致大海

等待了好多年
山一程　水一程
终于来到你的身边
扑进你的怀里
亲近你
感受一下
你的蓝色体温
你的胸怀很宽广
原来
你也挺热情
轻一些　轻一些
我是从山里来的
一颗怯生生的心
而你　却乐不可支
你看　你脸上
竟有了
那么多的笑纹

（原载《诗歌月刊》2010 年第 8 期）

肖佑启

肖佑启，中山市作家协会会员，中山市诗歌学会会员。

和中山桥有关的意象

一座桥的名字，和伟人关联
是幸运的
在兰州，中山桥伫立于黄河之上
动静不小，像一位伟人站在高处激情演讲
振臂一呼，应者如潮
黄河东去
波澜壮阔的，是那些与兰州有关的剧情

青山青，黄河黄，兰州蓝
一座桥有千百段拍案惊奇
无数的朝代流去了
无数的英雄消失了
中山桥以钢铁脊梁，张臂画出漂亮的弧度
挑起白塔山和西关什字
像挑起生活甜蜜的重负

黄河里的时间
冲洗着桥墩，像不知疲倦的拥抱
无数的平仄和新韵
随浪花飞溅
永远的中山桥
一头是坚决的出发，一头是灿烂的到达——
革命尚未成功
同志仍需努力

（2019 年 3 月"写一首情诗给兰州"全国诗歌征稿大赛优秀奖）

一粒沙子的运动

一粒沙子，从水底逃脱
又被海浪驱赶着
降落，抛投，漂流
一股势力簇拥着另一股势力
顺着海风的方向
向亚龙湾腹地翻滚、撞击

一粒沙子，急不可耐地抄袭
另一粒沙子的动作
顺着风浪的走势，在亚龙湾里
一粒沙子与另一粒沙子，彼此跟随
找寻可以安家的位置
一字浪、人字浪，都不适合降落

一群沙子，与另一群沙子汇合
形成一道风景
在亚龙湾里，接受海浪反复淘洗
那是一片没有约束的洗浴场
它只用细白细软的身体就轻易诱惑形形色色裸露的男女
一会儿推进浪里，一会儿又送回岸边

只有海浪抵达的地方
才是一粒沙子真正可以安放的家
海风和浪花的语录，只有沙子才能听懂
亚龙湾背后的传奇
只要风起，它们又得动身
一粒沙子追赶另一粒沙子

（原载《致敬海南——建省办经济特区三十周年诗歌选》，中国青年出版社 2018 年版）

李 楠

李楠,广东省作家协会会员。著有
《草知道的泥土往事》。

四月, 在岸边等候一匹马

因南方,季候弥漫着暧昧与纠缠
雨丝交织的四月,如清明的肌肤泛着清凉
岸边的眺望多少心绪隐藏,午后的望海亭
像位驿丞,等待一匹马的书信

安静,海面如瞌睡的猫,所有的窥视
不过茫茫草原一阵柔风,不惊波澜
马驮着四月的鲜花如焰火,以及一些山海间
流浪着的星辰与梦

骑一匹马离岸,在嘶鸣声里漠视
沿途留下的伤痕,在海浪中浮沉
更多的未知正吐丝结茧,化作厚厚的蛹
等待挣破,如看到多年后的岁月

(原载《椰城》2019 年第 7 期)

辛 夷

辛夷，2011 年在中山市南头镇工作。著有诗集《身体是礁石》，入选多种年选。入围"华文青年诗人奖"，获中国诗歌学会"公益好诗歌"银奖等。现为《粤东诗歌光年》编审。

山居一日

到了傍晚，整座山的清凉全从木格子窗
涌了进来。在眼所看见和变化之间
秋天正遗弃一个喧腾的话题

寓意是山，最后存在镜子中模糊的曲线
时间松开了我

顺着风奔走的方向，我们看到
拱形桥金色的背脊，闪闪发亮

有人从桥上走过，如此漫不经心
流水快速捕捉到这个瞬间

弧形的天空从远方寄来明信片
这一刻，我在灯下看书

"一切都无目的除了那永恒的
美之外——"

（原载《2019 年度网络诗选》，人民文学出版社 2019 年版）

一件悲伤又幸福的事

你在，你的疾病也在
连同那些没有尽头的痛苦
你不在了
疾病只是医学上的专有名词
而痛苦被切碎
分散在我们的记忆里
当你的身体版图被黑暗瓜分
除了我们，你与这个世界
再无任何瓜葛
这是一件悲伤，又近乎绝望的事
可它也有幸福的一面
因为我们活着
你也就还活着

（原载《诗刊》2017 年第 10 期）

遗忘书

涛声喧嚣，有我看得见的生命在张扬
有我看不见的神秘在黑暗生长。第十二种孤独
在我坐在礁石上时，开始朝海面蔓延

我急需一个词语筑起堤岸，防止内心
潮水溢出。需要一场雨降临，清洗时间
的灰烬，让潮汐的触觉退化。让我绿色的梦
被限制在石头上。让你幸存在我身上的习惯
以潮水的蓝返回大海。

盐和回忆，都交给时间吧
我要停止朝自己的肉身挖洞穴
不需要躲藏了，我要用最缓慢的方式
遗忘。走到一片海，就扔一块石头
直到把你从我身体丢空

（原载《2019 天天诗历》，中国青年出版社 2018 年版）

韩聪光

韩聪光,中山市作家协会会员,广州市流行音乐协会副秘书长。作品发表在《海南日报》《中西诗歌》《广州文艺》等。

穿过黑暗的孩子

岁月的泥土,山林的气息
为远处传来山狗的吠声所琢磨
仿佛大地消失多年的呼喊
被记起的是旧时的星空
山岭纵横交错,层峦似自由之声暗中起伏
他踩着乡下的小路,最初的人生路
这路越走越远,多年后回头凝望
它泛出彩虹一般的光,好像叶子飘动在岁月里
经历了寒霜的叶子,在每一个夜晚变成文字
穿过黑暗的孩子,他比阳光灿烂

(原载《广州文艺》2018 年第 11 期)

在贫瘠的黑夜里看见了光

在黑夜里，我发现了深夜
它劫持了白天，这阴暗无序的嘈杂
被扔在草丛中的中年
偶尔露出闪亮的孤独

在贫瘠的黑夜里看见温暖的身影
思索的身影就是涌动的光源
透过生活的细节，它甚于动人的传说

黑夜带来一切
我只留下属于自己的一份孤独

（原载《广州文艺》2018 年第 11 期）

我所喜欢的月光

母亲把针沉入装满水的碗
针慢慢地浮起来，神秘的祈祷
映照传说，犹如香气灵动起来

母亲低语，我们有两个月亮
一个在天上，一个在心里
我感到眼前的母亲与内心的母亲
吻合成一个月亮，我的月亮

屋前的桂花飘香，弥漫在空气里
在这样的一个夜晚，没有遗憾
我喜爱月光，就像我爱着母亲

（原载《广州文艺》2018 年第 11 期）

刘海涛

刘海涛，现居中山，中华诗词学会会员。屡有诗歌、散文等作品在网络和报纸杂志发表。

高原上，我在哪里？

眼睛被沙粒迷离
总想越过那些沙丘
那时，风还没如此般凛冽刮起
梦江南，江南在哪里？
戈壁滩上氤氲着
普洱茶茉莉花的香气
没人知道这片土地已经历经多少车轮和泪滴

苍鹰飞过头顶
前方卷起的尘土，一样亲切
哦，这是在哪里？
滚滚红尘竟然同高原的雪菊一样
美丽

心爱的云彩啊
一刻也不等闲
它总在离我最近的地方注视着我

（原载《神州》2019 年第 7 期）

黄昏时分

炙热的太阳贴着城堡的中轴线
穿过胸膛
再次敲响教堂里久违的钟声。
影子，不再属于自己
廊桥边的铁轨，已经锈迹斑斑。

乌鸦
并不知道自己的归途在哪里。

凯旋门前如织的人流，是否也在痴痴寻觅？
隔着落地窗，成群的鸽子
掠过城市的塔尖
它们很快就要告别这沉睡的大地。

有一种力量
总是如此神秘。

（原载《神州》2019 年第 7 期）

罗莲英

罗莲英，江西新余人，中山市诗歌学会会员，中山市作家协会会员。20世纪80年代开始从事业余创作，多次发表诗歌、散文等作品。

穿越时空的敬礼
—— 献给革命母亲

我知道
我的一个敬礼
远远不能表达我对您的敬仰之情
我知道
我的一首小诗
远远不能写出您革命情怀的伟大
可当我站在古氏宗祠您的照片前时
当我读着历史记录您的那些闪光文字时
我依然情不自禁地举起了右手
我依然无法遏制为您写诗的激情

当侵华日军的铁蹄疯狂践踏中山大地时
您支持两个儿子走进了抗日的枪林弹雨
您带领全家八口走进了伟大的抗日事业
不是您不知道战争的残酷
不是您不懂得生命的宝贵
而是您深深知道啊
大敌当前　国难当头
好儿女就要用血肉筑起钢铁长城

当二儿子血洒战场的噩耗传来时
当三儿子出征也再没有回来时
您没有哭泣　没有消沉

您挺起了一个革命母亲的坚强脊梁
又将唯一的儿子和三个女儿
全部送进了革命部队
在您海洋般宽广的心里啊
儿女不是私产而是国家之才
国家需要时就应该为国效力

当抗日战士以野菜杂粮充饥时
您将家中近万元的积蓄倾囊而出
甚至连陪嫁的金饰品
连同祖传的两亩薄地
全部换成了抗日战士果腹的粮食
让战士们渡过了青黄不接的饥荒

在那腥风血雨的残酷岁月
在那同仇敌忾的战争年代
在中山这片诞生伟人诞生英雄的热土上
正是无数像您一样的革命母亲
书写了中山可歌可泣的抗日篇章
书写了中山抗日救亡的历史传奇
当又一个抗战胜利纪念日到来之际
当又一次缅怀您为抗日做出的贡献时
我们的热血一次次为您沸腾
我们的激情一次次为您澎湃
我们心中永远的革命母亲
请接受我们穿越历史时空的崇高敬礼

（原载《羊城晚报》，2015 年 9 月 2 日）

张舒广

张舒广，中山市作家协会副主席兼秘书长。著有《沉默的卡农》《近视的鱼》《想偷懒的鱼》等多部作品集。

无　限

如何替春天找到美感
如何替空间找到时间
如何替有限找到无限
如何替我找到你

如何替有限的人生找到无限的慰藉
那些无限欢乐
还有无限悲伤

如何在有限的资源里承载无限的重量
躯体怎样才能指挥心灵
可我还是找不到你
无限的情感是虚无的物质
它当然冲不破有限的边界

祈祷人世间慈悲为怀
让有限放开无限
让时间找到空间
我就可以无限宠着你
凭此，试着和有限
握手言和

（原载南方 plus 客户端，2019 年 10 月 16 日）

一切都会过去

一切都会过去
不管是这一分　这一秒
还是这一切的存在

我突然很虚弱
竟然期望从阳光中获取力量
妄想从你的起舞中得到慰藉

我想给痛苦一个离开的暗示
在伤痕上画出巧妙的花样

我想起身　拂袖而去
扔下破碎
从心灵里拔出锈钉
并不惜给它下一个关于价值的定义

反正一切都会过去
不管感受为爱
还是解读为恨
不管狼狈至死
还是劫后重生

（原载南方 plus 客户端，2019 年 10 月 16 日）

每 当

我的心中奔涌着泪水
仿佛随时会从眼睛里逃出
当微风由冷变暖
春天派遣它来拂过我的脸颊
当光影从叶间任性掉落
当秀丽湖的茅草拼成温柔的图案

我的心中常常奔涌着泪水
仿佛它已存储了几个世纪
当你对我微笑
唇边绽开温暖
当你轻轻说出安好的句子

但我的泪水就是不会溢出
它只在心中奔涌
湖边的紫荆花总会开出粉红的色彩
每当我安静
或是奔跑的时候

（原载南方 plus 客户端，2019 年 10 月 16 日）

陆文伟

陆文伟，广东中山人，毕业于武汉大学中文系。诗歌、散文近百首作品散见于各类报纸杂志及各级文学公众号平台。

那经过了我的海

被月光煮沸后
每一滴腐烂过的水
再次开放的
已是咸的容颜

沿着时间绝隙找去的波浪
始终怀着反复出发的心
辽阔的歌谣
掩饰不了一片肃穆与悲凉
没有纪念
没有追逝
像梦　淹没着　梦

装放下天空
就有倒过来的人间
到处居住
也无处居住
自己从不存在影子
都是因为被阳光所遮挡

其实早已知道
自己是没有出路的宿命
却像背负沉重的信仰
毅然要翻身，还忍着痛

向着更高更晴朗没有任何东西的地方
腾跃
为拔掉自己的根

这样地站在你面前太久
我担心自己会长出了鳃
我刻舟求剑
想留住经过了我的你
以及那些瘦了、枯了、沉没了的星辰
我撒下最大的渔网
想打捞即将靠岸的那朵浪花

（原载南方 plus 客户端，2019 年 11 月 4 日）

你我是幸福的模样

所有美好事物的消逝
一定会有回声
正如你我的重逢
成为时间的礼物
记忆的最后默存

慌张和遗忘猝不及防
全部的过往时光被迅速经历
你我迫不及待分辨着这灵魂底片的轮廓
那一点一点地恢复是多么漫长的过程
——"今天的我和昨天的我是否不同?"
"失去和得到真的一样的多?"

只有青色的草长满山岗
树的幽蓝影子飘在草尖
全是新的风景
你我却怀旧的心灵
忘了自己在时间之外
在梦着另一个世界时
你我是幸福的模样

命运从来找不到失散的道路
错过开头的故事
已被从不失手的时间偷去
你我的另一种记忆,如果必要
都是最美的时光
好像在自己的镜子里开花
芳香弥漫

（原载南方 plus 客户端，2019 年 11 月 4 日）

骄　傲

"你骑车技术行不行啊?"
父亲问我,那是在
我十一二岁读小学时的一天

"那你载我一段路试试。"
看着身材瘦小
却自信得像大人似的我,父亲说

"这几天我出差,由你载母亲去看病!"
在让我搭载了他一段路之后
父亲吩咐

后来,半瘫痪在家治病的母亲
常由我搭载她
到附近村庄的一位土中医家

回忆盛宴里,这份荣光
一直适合忧伤

（原载南方 plus 客户端,2019 年 11 月 29 日）

阎友新

阎友新，汉语言文学专业本科学历，读高中时开始文学创作。

孙中山故居： 一卷修炼的时光美学

一部史册，一旦翻开了，就无法再合上
在山水的臂弯里，凝练了一座百年山野庄园的修为
光阴的磨砺与雕琢，春秋的轮回与传承，与生俱来，岁月不老
——祖传的美学。镂空的记忆，是供后人临摹的一帖真迹

史册，翻开了，就成为永恒。一袭黄衫温故
一座青山，一弯净水，一个背影
是一次前世的归乡。早年的一枕清辉，意欲喷薄而出
端坐瓦脊上的雄狮，一叫就醒了——

用信仰感应筋骨。静谧中的孙中山故居，安于时光的脉搏
复兴指日可待。庭院的布局，与一段家史不谋而合
一串脚步，就打通了一个民族的任督二脉
用三民主义的光芒。而中西结合的故居，融入了中西文化的结晶

每一片檐瓦流淌着豢养的雨水。穿过门廊，有历史的耳语回响
屋顶上的青丝欲滴
檐下一壶青茶，沏出了门外一丛押韵的山水
是谁坐在老宅门口，沉沉睡去？像故人，顶着一阵古朴的晚风
迈进殷实的家史——

（原载《中山日报》，2017 年 12 月 3 日）

佩　兰

佩兰，原名张佩兰，中山市作家协会会员，中山市报告文学学会副秘书长，《中山日报》App 签约作家。有诗歌、散文发表于报纸及各网络媒体。

一面饱含诗意的明镜

截取八月里最明亮的一段
月光，镜子般团圆的隐喻
似伍尔夫墙上的斑点

几许雾屏云幔　千回百转
纤歌细细停在水中
变成青莲　开成一朵又一朵

楼宇和车辆一天一天
茂密而又丰盈
现实一步步臻于至善
金色的和银色的月光
已抛光研磨成金银的坯饼

诗人是一位充满期冀与忧伤的女子
一面辗转千载的明镜
亮而安详　映照着荒原
如同玫瑰园上空缭绕的香烟

（原载《诗"歌"中山》，长江文艺出版社 2018 年版）

施 维

施维，字冰之，笔名麬妈，香港人。出版诗集《我想是一朵大红花》、《理想国》（合著）和《洛神花红》，出版油画作品集《空中有朵你做的云》。

面 壁

宣示主权的发令枪鸣响
义正词严地阐释
虚与委蛇地试探
声色俱厉地批判
大义灭亲地决绝
便如暴雨般砸过去
冀望在善良的负疚中
成就体面的崇高

尽情施展伟创力
煽情的言语只能感动自己
不要以为你的世界
别人真的会关心

神用缺点捏出人
在彼此揭露中前行
万物皆是神
揣摩众生的妄念
凑齐他人的短板
就可拥有审判的权杖
与惩戒的雷电
不如诚实说出终极意愿吧

（原载《洛神花红》，海峡文艺出版社2019年版）

一切安好

横七竖八地飘忽
不知因何使命来到人世
冥然入睡的躯体
是寂静的组成部分
一场大梦不知能醒到何处

那触及心扉的纯洁
是否真的无瑕
愚蠢终因我的低能
使疑虑更迷茫
不善言辞的
容易被忽略感受
但不妨碍甘于付出的天性

空中那朵你做的云
在沉思的仰首遥望里成为无限
你来得恰到好处
没有早一步
也没有晚一步
被你说成在日衰的近貌
是我眼中一成不变的桃花少年

我们即将到来的日子
也许完全陌生
可能从来没碰到过
可当清凉沿绿色攀缘
呼之欲出的蔚蓝一览无遗

（原载《洛神花红》，海峡文艺出版社 2019 年版）

杨 泉

杨泉，广东湛江人，现在中山市工作，中山市诗歌学会会员。有诗歌发表于《中山日报》《湛江日报》和《香山诗刊》等。

潮 声

那晚我们骑车去看海
车轮欢快　月影浮动

那晚羞涩的月亮时隐时现
浩瀚的海平面波光粼粼
潮声涌动不息　满是喜悦

海天之间　静默伫立
我发现——
你比海月朦胧　还美

那晚年轻的心给爱点燃
如隔岸遥远的渔火
千年不熄

（原载《湛江日报》，2018 年 7 月 23 日）

苍梧明月

苍梧明月，亦用笔名仓吾。现定居中山。工科硕士，经济学博士。

姐 妹

我是你的姐姐，你是我的妹妹
这，究竟意味着什么？

小时候
你是我的小尾巴，跟着我去过家家
你是我的小影子，随我参加同学会
你是我的小镜子，学我读琼瑶三毛

再大点
我上大学了，你来广州打工
和我挤学生宿舍的小床
五月的风带我们去珠江畔
那年小蛮腰刚落成，而你也已长发及腰

我结婚了，你是伴娘
微笑坐在我身旁，机智应对闹洞房的小伙子
我有宝宝了，你成了小姨
悄悄张罗好婴儿物品，它们整整用了大半年
我离婚了，你比我还难受
一个电话总随叫随到，陪我无语哽咽至深宵

有时你像一个垃圾桶，默默收走我的负情绪
有时你轻声安慰我：姐，咱不怕，没关系！
开始你是妹妹，我是姐姐
后来你是姐姐，我是妹妹

你用坚强的肩膀撑起孱弱的我
我把你当成一面盾牌对抗生活
如果现在我仍有点天真，有点可爱
眼光清澈，对世界善良
我必须感谢一路有你相陪

此刻，窗外风雨正急
而你正在来医院看我的路上
妹妹啊，骑车穿过这座城市时
你要慢点，再慢点！

（原载《中山日报》，2018 年 12 月 8 日）

洪　媚

洪媚，小学教师，中山市作家协会会员、中山市诗歌学会会员、中山市网络作家协会副秘书长。出版个人诗集《春天本来也必然如此》，并获第四届香山文学奖二等奖。

城里的麻雀

窗外的这只麻雀
无论怎么辛勤觅食
也找不到故乡的谷粒

窗外的这只麻雀
任凭怎样叽叽喳喳
也无法把异乡喊成故乡

小雪时节了
这只城里的麻雀
依然没有乡愁
我那颗纯粹的乡村之心
不能托付给它

（原载《春天本来也必然如此》，山东画报出版社 2017 年版）

时间的灯盏

穿上季节剩下最后的衣裳
大寒日子一场雪落大地
没有任何一个冬天
比这个冬天更深情
路白了
就是回家的时候

时光轻
念你的名字取暖
燃起火
做你美丽的囚徒
再来一次温暖的睡眠

风凉
翻动起我这件破损的棉袄
你一定正好路过
一张稿纸上
一个黑色的文字

（原载《春天本来也必然如此》，山东画报出版社 2017 年版）

黄柳军

黄柳军，新中山人，原籍广东兴宁，广东省作家协会会员。已出版长篇小说《命途》和诗集《生命的渡口》，获多项省市级文学奖。

父亲， 您在天堂还好吗

当我站在您面前
又是一个满脸潮湿的清明
父亲，您在天堂还好吗
如果您想我们了
就让花儿捎一句话，就让月儿托一个梦

父亲，您看
今天的天气多好
阳光依然照在您慈爱的脸上
微风依然吹在您温暖的怀里
父亲，您看
今天的天空多辽阔
白云在纷飞，蝴蝶在起舞
还有站在苦楝树上的鸟儿
依然忘不了，为您唱一首思念的歌

今天，我和兄弟几个
怀着一颗愧疚的心
给您倒了一杯酒，给您斟了一杯茶
给您带来一只鸡，给您烧了一些金银财宝
希望您在天堂，过得如意快乐

（原载《中山日报》，2017 年 4 月 23 日）

雷克昌

雷克昌，湖南嘉禾人，现居广东省中山市，自由撰稿人。湖南省作家协会会员，湖南省美术家协会会员，湖南省民间文艺家协会会员。作品收入各种选本。

土　地

种子在丰腴的大地破土
雨露滋润着肥沃的泥床
绿油油的庄稼
伸着手臂拥抱金色的太阳

庄稼努力舒展腰肢
绿叶覆盖着沟沟壑壑
果实挂满枝蔓
挤窄了一条条巷道阡陌

希望和幸福
在九月的田野里成熟
土地用丰硕的成果
储满山里人家的仓谷

（原载《南方工报》，2016年6月7日）

陈剑雄

陈剑雄，中山市作家协会会员，中山市诗歌学会会员。作品收入多种选本。

仰看星辰

晴朗的夜里
我披衣出门
仰看星辰

我深信夜空中繁密的星辰
每一颗代表着凡尘中的一个人
我希望找到属于自己的那颗
细看他是否明亮闪烁
是否也和我一样
面向夜空　孤身独坐

我深信星辰中隐藏着已逝的智者的眼睛
星辰与星辰之间激荡着高尚的灵魂与激情
我深信有一颗星星代表我深爱的心灵
她饱含人世间难以实现的爱情

有时　我凝神谛听
仿佛听到星辰的密语
有时　我神思飞扬
恍若遨游浩瀚的天庭
一闪而过的流星让我眼前一亮
有时又让我悲伤莫名

风雨阴霾的夜里
看不见的乌云在天空翻滚

劈开黑暗的闪电在我眼前跳跃
永不坠落的星辰在风雨之后——重现

天地之间
星辰之下
我背手而立

（原载《中山日报》，2016年4月17日）

陈彦儒

陈彦儒，广东兴宁人，中国作家协会会员。曾获 2012 年广东新闻奖、2015 年首届报业文学奖年度长篇小说大奖等荣誉。出版长篇小说《白天失踪的少女》、散文集《印象兴宁 水墨珠海》、随笔式理论著作《新闻课——如何学会与读者"拍拖"》等多部作品。

香炉湾的风

香炉湾的风
是一条无形的游鱼
鱼鳍划过你的发丝
鱼尾一甩，钻进你的衣襟
我细细地嗅着鼻翼边的咸腥

香炉湾的风
是一只玲珑的蜻蜓
掠过眉尾，掠过鼻翼
我们双双沉溺在
沉溺在渔女传奇的梦中

香炉湾的风
是一只淘气的黑猫
你轻轻地绽吐的话语
却被蹑手蹑脚走来的它一口衔起
叼到了别处
半空中收回的手臂
缓缓搁在栏杆

香炉湾的风
带着青春年少羞涩的表情
香炉湾的风
带着人到中年莫名的忧伤
香炉湾的风
带着失之交臂难遣的情结

香炉湾的风啊香炉湾的风
它的温度它的速度
香炉湾的风啊香炉湾的风
它的味道它的嚼头
香炉湾的风啊香炉湾的风
它的形状它的性格
留在了，留在了每个游人心头

（原载《珠海特区报》，2017 年 3 月 27 日）

罗阿树

罗阿树，中山市作家协会会员，中山市诗歌学会会员，教师。作品散见于《中山日报》《江门文艺》《香山文学》《贺州文学》《意林·童话》等。

在庄稼地里坐了一个晌午

回乡，到庄稼地里走走
冬天的作物已收割干净

剩下泥土，风，阳光
我就席地坐了下来

呼吸远处的鸟鸣
（要是在春夏之交，一定还有布谷鸟的叫声）

想起这土地上的四季
老父像一头水牛

犁开封冻的冬天
种下一年又一年的盼头

而风调不调，雨顺不顺
庄稼们长得听话不听话

由不得老父决定
他只是默默地耕种

浇灌，施肥，杀虫，流汗
顺着天时打理这一切

然后，每年过年时
在家里的谷仓贴上一个大大的"丰"字

一年，又一年
他仿佛看不见自己头上的白发

像我
一会儿，就在庄稼里地坐了一个晌午

（原载《中山日报》，2016 年 2 月 15 日）

宋定昱

宋定昱，笔名雪松、百川。汶川阿坝师范学院体育系毕业，广东青年作家创作研修班（2018年）结业。中山市作家协会会员，中山市报告文学学会副秘书长。

在那里不期而遇

时间在风中　消瘦了芬芳
三位一体　在渐去渐远里迷失了
方向。亲爱的！那山遥水隔的
恋情，将随着缓缓江流流向
您在的地方吗？

远去了的鸿雁
在现代通信的高科技下自惭形秽
飘飞的信笺　抵不住 QQ 的诱惑
洒落了一地的
都是您那爱我的情

思念
深深沉沉的思念
打湿了彼此的听筒
将心绪绽放在开花的五月

现代诗歌里的痴男怨女
走进了古典辞赋里
外国文学中的经典爱情
跋山涉水向古典进军而来

我俩的爱恋

在那里不期而遇
您是我的
我
是您的
哪管它地是否老
天能否荒

（原载《中山日报》，2008 年 5 月 21 日）

谢双良

谢双良，湖南衡阳人，现居中山，从事教育工作，中山市报告文学学会会员。

离　愁

黄土地
绿田畴
桑梓美景不胜收

笠山月
老屋柳
一声珍重离家走

跨湘江
过衡州
山水迢迢难回首

相思豆
连丝藕
梦里常在河塘游

朝霞耀
夕虹桥
从此牵挂系两头
——父母身健在
——儿女心上愁

（原载《中山日报》，2018 年 7 月 15 日）

阮卓卿

阮卓卿,中山沙溪人,广东中华诗词学会理事,中山市中山诗社副社长,中山市沙溪诗社社长。

星夜寄语

我是希望的精灵
乘着风的翅膀去播种流星
只需一颗种子
流星就会在我梦想的土壤中发芽

不似闪烁的流萤
不作狂噪的雷霆
我的流星
是无限宇宙的精英
是神圣宁静的结晶

我把流星撒向冥冥的天空
它将对失落者做出深情的回应
我把流星寄入人们的心中
它将把人们那么远的记忆与童真唤醒
也许这就是宿命
流星注定要刺破无情黑夜的狰狞

啊,我的流星
你是否在聆听
如果你的心真的与我的心产生了共鸣
那么请你快快成长
因为我们彼此都有一个共同的心愿
——让一刹那的光辉
化作永恒的光明!

（原载《中山诗苑》,中山诗社2004年版）

张锐权

张锐权，中山市小榄镇人。作品见于《诗词》《岭南诗歌》《中原散文诗》《广州文摘报》《中山日报》等。

花 灯

八月十五之夜
熙熙攘攘的街道上
挂满我五光十色的童年
宁静偏僻的村巷里
也挂着我星光灿烂的童年
无论大街小巷
都会重拾失去多年的自己

偶有三五结队的小伙伴
或一家亲子，或爷孙俩
提着花款不一的灯笼
有鱼有龙有花有鸟有星有月
更有珍贵的一闪一闪的
童趣。与我擦肩而过

凤山公园门前，月色溶溶
一对母子提着花灯
在我面前经过，走入公园
依稀听见那个孩子说：
"我猜到谜底了……"
我好想追上去，听清楚
那个孩子的说话
他忽然回头看看我
我惊讶地倒吸一口气。原来
他是很久以前的我

当我惊醒时，窗前月色溶溶
我回想起，梦里的孩子
他说的谜底是乡愁
而写在花灯上的谜面是：
最永恒的诗

（原载《中山日报》，2017 年 10 月 15 日）

中山黑威

中山黑威，本名蒋晓辉，中山市作家协会会员，中山诗词楹联学会理事。出版教辅书《让阅卷者为你加分》，长篇小说《飞驼岭传奇》。

我没有钱包

我没有钱包，
我的钱包就是裤兜。
裤兜里除了孤独的工资，
还有张瘦长的工资单，
需要交给老婆眼看。

年龄和工资串在一起，
还有住房、医疗补贴，
还有额头上的皱纹，
在逐年累积，
渐渐变老，缺乏生机。

我也曾设想有个大包，
里面放着我的手机，
再放块圆圆的镜子。
开心的时候给知己发短信，
无聊的时候照照自己。

在这八月的月光下，
我看着自己有点歪斜的影子，
双手插进裤兜，
摸着那些可爱的毛票，
想起了月饼的样子。

（原载《佛山文艺》2011 年第 1 期）

安　东

安东，中国楹联学会会员，中山诗社会员，中山市诗歌学会会员，中山市报告文学学会理事。诗歌作品被多种选本收录。

等待切换

请给我一个切换键
不是切换系统
不是切换输入法
不是切换一个模式
不是，不是
这只会令我更加机械
时间，不是春夏秋冬的锦绣
不是播种与收获的盼望
更像是一把刀
我的生活支离破碎

请给我一个切换键
在休息的时候
不再点击屏幕
不再陷入浏览的漩涡
轻轻一点
切换到草原，骑马逐日
切换到海边，撒网捕鱼
切换到唐朝，饮酒赋诗
切换到异国他乡，探索未知

耳朵被房价淹没
眼睛被财富遮住
鼻子里面藏着丛林法则

夜深人静
身披彩灯的建筑令人陶醉
窝在沙发上的我
等待切换

（原载《中山日报》，2017 年 4 月 23 日）

余 俊

余俊，特色作文教师，专栏作家。出版《做个诗意的孩子》等 15 本著作。

朋 友

岁月会模糊你模样
却会增加对你的渴望
命运会带给你沧桑
却会平添对你的欣赏

朋友是雨后灿烂的阳光
是那盏照亮窗户的月亮
朋友是你幸福中的分享
也是你困难中最坚强的担当

朋友会与你在风雨中成长
宁静的夜里倾诉你我的安详
朋友会与你一起对着朝阳怀想
美好的日子镀上金色的光芒

让我们踏足走向远方勇敢飞翔
苍茫的大海上涌起碧蓝色的波浪

（原载《瓦砾上的太阳花》，中国文联出版社 2013 年版）

中山现代诗选（2000—2020年）

写给草原的情诗

风从乌兰巴托草原穿过
留下多少动人传说
古老的城郭
说不清那段历史对错
蓝天下的鲜花朵朵
点缀了今天美丽的生活
那屈膝一跪的骆驼
瞬间暖化我的心窝
立马千山外
我听见蓝天对大地的承诺

水从图拉河流过
那是雪山情意绵绵的诉说
看不见银装素裹
却听见了牛羊繁多
骏马好似彩云朵
心胸如无垠的草原广阔
豪迈的骑马手　醉人的马奶酒
点燃了我的热情似火
漂泊的蒙古包啊
遥远的你会不会也深情回眸？

（原载《瓦砾上的太阳花》，中国文联出版社 2013 年版）

余童茜

余童茜，中山市作家协会会员，获得第十五届"中国少年作家杯"全国征文大赛一等奖。与父亲余俊合著《我教孩子玩作文》。

致敬时光

成长的世界没有什么速成
回忆得起最初的轮廓
却看不到未来的模样

这条路太过于漫长
成长满是寸寸时光
一层层向上堆叠遥不可期

哭着笑着闹着奔跑着
磕磕绊绊一步步是踏下的烙印
星星点点汇成我们如今的模样

（原载《我想和你看月亮》，四川民族出版社 2019 年版）

致二十岁的自己

有些花还只是个花骨朵儿
就已绽放出芬芳
有些木还未成片连荫
就已枝蔓缠绕
而有些从种子开始
就憋着一口气
从第一次破土第一口呼吸
从第一抹阳光第一份雨露
沉默着聆听每一次赐予

一丝不漏紧密的躯干是吝啬的
藏匿的清香馥郁在花苞里
酝酿升腾翻滚在那密封的空间
等待爆发的一天就在那一刻
无言的木也能结出果
寡言的花也有别样的香

（原载《我想和你看月亮》，四川民族出版社 2019 年版）

卷 三

我在火炬开发区等你

罗　筱

火炬之光

多少年了
伴着涛声
枕着海浪
悠扬的咸水歌
重复着世代相袭的命运

是谁播下火种
惊醒小渔村沉睡的梦
以火炬命名
宣告一个时代的来临

聚积了太多太久的渴望
一丝星火就可以燃点久违的激情
迸发核当量的潜力
追海弄潮的人
开始与时间赛跑

高擎的火炬下
精细化工、生物医药、光电风能
一支支舰队在这里集结
装备制造、印刷包装、电子信息
一艘艘航母向这里聚拢
凯茵新城、群英华庭、健康花城
一天天在城市的版图上扩容升级
咀香园、太阳城、得能湖
在山岭、盐碱地和滩涂

勾勒最美的剪影

火炬之光
以向上和燃烧的姿态
辉映世纪广场
照亮康乐大道
在古老伶仃洋边惊艳绽放
她的花样年华
在七十平方千米的土地上
演绎色彩缤纷

这高高擎起的火炬
像欢快的动词、美好的形容词
召唤、喻示、引领
温暖、明快、热情
她散发的光芒
点亮每一个灯盏
并照耀一座城市向前奔跑的身影

刘洪希

开发区， 我以一个异乡人的身份说爱你

面朝大海
四季花开
这个曾经的小渔村
因为风的吹拂
雨的灌溉
和阳光的照耀
以春笋拔节的模式
向上伸展

我是湖南人，我是四川人
我是重庆人，我是江西人
我们不约而同
在健康产业基地、包装印刷基地
电子基地、装备制造业基地
挥洒汗水
奉献青春

我收获薪水
收获快乐
也收获友情和爱情
我们在开发区
安家落户
生儿育女

闲暇时间
我们在绿树成荫的小区路上散步

去得能湖华佗山公园健身
到太阳城购物
偶尔也在夜深人静时
觅几行诗句

"我来自遥远的地方
但心中已把这个美丽的异乡
当成亲爱的家乡"

曹启正

聆听火炬燃烧的声音

这是一块神奇的土地
改革的春风吹绿了这里
开放的春雨滋润了这里
七个国家产业基地诉说着辉煌
二十家全球五百强企业
中山最大面积的全民健身广场
明珠文化健身长廊动人乐章
把改革开放的最强音踏响

站在濠头青云桥上
俯视亿万年的沧海桑田
下岐山炮台沉默着
光绪铁钟沉默着
濠头村的石狮子沉默着
大环华佗庙沉默着
江尾头村的碉楼沉默着
我唱起东乡民歌
耍起濠头舞龙
得能湖公园的荷香香飘万家
咸淡水浸泡的日子一去不返
亭台楼阁清新宛若油画铺展
天蓝水清花草飘香成就田园梦想

三十年来
二十六万火炬人
从荒山野岭

从泥土中站起
穿越世纪的风
用绵绵不断的创造力
想象力　吹起
奋进的号角在横门水道两岸
逐渐辽阔　逐渐舒展

陈 芳

火炬礼赞

在井冈山挹翠湖边，有座巨大的火炬雕塑
那是革命的火炬
当我知道中山的火炬
是因一张"国家级高技术产业开发区"的名片
那是科技的火炬
我想，只要与火炬相关联的
都是希望、进步、有凝聚力的象征

当我寻根究底才刨开这个曾叫张家边的村子
他并没那一层华丽外衣掩饰的往昔
而是一个姓氏从搭草寮而居的生息繁衍与变迁中
所经历过的世事风云
宁静到喧哗的阵痛，是打开改革开放之门时
应有的代价
因只有旧的消失，才有新的崛起！

这片热土上，有美得无法忘却的得能湖公园
有巧夺天工的牌楼、凉亭、走廊、五曲桥
还有一片开得灿烂如烟花的荷
在临海工业园，它是一个划时代的大手笔
正浓墨重彩地抒写着科技兴邦的篇章
在全民健身广场，它是为提高国民体质与康健
正不遗余力地推广着社会公益的责任与担当

站在横门水道，1939 年的枪炮声早已远去

密集的货船与集装箱，碾碎了历史累积的沉疴
当这里聚集了数万的才智精英
于火炬下，他们以智慧、创造、拼搏的精神
铸造出工业的巨轮
让这艘快速行驶的科技航母，朝着
那个伟大的"中国梦"之港湾——迈进

就是这张科技名片，承载了三十而立的火炬人
与苦难而战，在磨砺中优化创新的勇气
为走向"大国工匠"的技术舞台，不忘的初心
时间的河流里，总有活水逆流而行
守好点燃火炬之源，改变旧观念，用好新理念
构建一个民安、民乐的安康之城

洪芜

火炬，火炬

有多少人与我们一样
寂寂人生被火炬点亮
且一直燃烧着

那一年，我瘦削的身体
被裹挟在打工潮汹涌的浪涛中
起起落落，漂浮不定
疲惫、饥渴，寒意阵阵袭来
是一把火炬引导着我
踏上了这片热土

张家边春天温暖的手指轻轻叩开我的心窗
中山港亲切悦耳的汽笛声似亲人声声呼唤
珠江口翻涌的海浪澎湃成胸中的激情
蓝天白云下，望着天空飞翔的鸥鸟
年轻的我握紧了不屈的拳头

无数的拓荒者以奔跑的姿势
迎接新的曙光的来临
将南腔北调融入同一首咸水歌
在机器轰隆隆前行的步伐中
荒草退却，道路伸延
一幢幢高楼豪迈地指向天空
一个崭新的火炬区傲然面世

我背上的工具箱并不沉重

扳手、铁钳、螺丝刀轻轻敲着我的脊背
捂住我的胸口
我提醒自己
虽然我只是这个城市一名普通的建设者
机器上一枚小小的螺丝钉
身上的责任可不轻

每天，乘坐公共巴士
穿梭于包装印刷基地、会展中心
电子基地、健康基地
如一条在水中的游鱼
忙碌的心里面总燃着一把火炬
渴望的窗口前总亮起一盏明灯

我庆幸，在最好的年龄遇见了最好的你
恋爱的甜蜜，婚姻的美满
育儿的兴奋，置业的欣喜
入户火炬，根深深扎入土壤
得能湖公园鸟语花香的早晨
留下我们一帧帧生动的剪影

风从金色的海面吹来
一湖碧荷舒展褶皱的心事
一池音乐喷泉吟诵生活的赞美诗
孩子们童稚的读书声编织着火炬新梦
我们开着车在康乐大道上，前行
每一盏路灯都是一把火炬
每一把火炬都是一个指引
每一个指引都走向一个新生

黄金湖

动听的名字和美好的掌故一同流传

悠悠咸淡水交汇出一个小渔村的前世今生
东乡民歌以古朴深情的吟唱穿越过去未来

点燃火炬　亮光照耀大地
就如春风拂过乡民的脸
大地跟人一样神采奕奕

历史更迭赋予不同的命名
但总有一些动听的名字和美好的掌故
一同流传

濠头、珊洲、二洲……
以文字或偏旁还原着水网交织的地名
佐证了先祖临水而居择地而栖的智慧

宫花的御赐让多少人遐想联翩
从青翠竹林里款款步出的灵秀女子
顾盼生姿间让清澈眼眸流露温暖的光

诗人的想象一泻千里
撞击　石头
飞溅　瀑花
随竹逐村的女子一同进宫

史家的探究从宫花村的名字开始
寻得"皇娘"的封号

沙丘遗址以一千平米的散布
追溯战国的烽火　闻听大汉的雄风

今天　皇娘的后嗣侨居四海
今天　皇娘的故乡八面来客
工业园里成群结队地　走出的女子
一如当年生长在竹林连片的村子里
那些姑娘

她们的青春跟竹子和竹林一样
挺拔、葱郁、苍翠、茂盛
她们的勤劳和灵巧跟皇娘一样
像盛开的蝴蝶落在流水线
像巾帼不让须眉的花木兰
一同高擎起开发区的半边天

黄柳军

火炬，你为谁的天空越燃越亮

从"火炬速度"到"火炬效益"
三十年的呕心沥血
我们见证了你每一个成熟成长的过程
从弹丸之地到科技新城
三十年的风雨兼程
你与梦想同在，我们与世界亲切握手

三十年的力量
你为七十平方千米土地
书写着人类的传奇，展开了历史的画卷
三十年的智慧
你为日新月异的世界
打造成九大基地

创业园、人才楼、数码大厦
你携带着万丈光芒
一步一步，昂首向我们走来
企业孵化基地、博士后工作站
你沐浴在春阳之中
一次一次，插上了坚实的翅膀

火炬，你为谁的天空
越燃越亮
火炬，你为谁的幸福
越飞越高
火炬，你为谁的明天

越走越远

面对新的机遇和挑战
你从来没有退缩
在竞争的舞台上，始终扮演举足轻重的角色
面对你追我赶的新形势
你从来没有胆怯
在时代前沿阵地上，始终发挥担纲者的作用

三十年，弹指间挥之而去
三十年，已成为一段辉煌的历史
三十年，在南方这片土地上
又为我们升起了一颗璀璨的明珠

丁声扬

火炬手， 在开发区

三十年的回眸，何止沉醉一笑
三十年的历程，又何止星光辉煌
伟人中山故里，中山美丽湾区
在珠江西岸的一个小渔村
点燃一曲中山港火炬手的心花

火炬手，在回味，在陶醉
陶醉着，火炬开发区的风情万种
东乡民歌在飞扬，濠头木龙在挥舞
咸淡水的交汇，在生姿摇曳
摇曳出张家边、濠头村、中山港的新篇章

这里，真是一个好地方
这里，真是一个好港湾
看，伴着晨曦起航
哟，踏着晚霞归港
一起歌唱，歌唱，鱼满船，米满仓

火炬手，在欣赏，在深爱
深爱着，粤港澳大湾区的每一寸土地
跨过青云桥，走进北帝庙
谷口听莺，鹅峰闻笛
酒米洞口，金虾泉里流芬芳

这土地，真是好风光
这火炬，真是好航向

中山现代诗选（2000—2020年）

我们在努力，我们在奋斗
有了一代又一代奋勇当先的指引
我们改革开放的道路，越走越宽敞

火炬手，在开发，在创新
公路，在飞驰，畅通着前进的方向
港湾，在延伸，绚丽着未来的梦想
一个崭新的开发区，在畅想
孕育出一个又一个新时代的火炬手

这里，有一朵美丽的浪花
这里，有一把高新的火炬
在火炬开发区，点燃
点燃心头的一朵浪花
点燃一次燎原之火的激昂

三十年前，我曾经迷茫
期望，一个火炬腾空的梦想
三十年后，我热切期待
前赴后继的火炬手
更加灿烂　更加辉煌

刘建芳

巨轮扬帆
——写给中山火炬开发区建区三十周年

以国家的名义，以科技的名义
你高举着熊熊燃烧的火炬
一开始就以奔跑的姿态
在伟人故里，南海之滨的土地上
充满激情地
创造着一个又一个的奇迹

你从珠江西岸出发
你的速度是惊人的
和你一起飞跑的，还有
广澳高速，西部沿海高速，深岑高速
广珠轻轨，深中通道，港珠澳大桥
这是你日渐丰满的翅膀
快疾如风，穿城而过

你东临珠江口
与深圳香港隔海相望
你拥抱着
集装箱吞吐量居全国港口十强的中山港
你起航的波浪
涌动着珠江潮
推向粤港澳大湾区的澎湃舞台

蓝天中，总是挂着白云和太阳
海风里，总是飞着海鸥和热情

这是一块聚集着发展力量的热土
汇聚了知名企业三百多家
出口创汇位居全国十强
每一家企业都在这里闪光
在珠江西岸熠熠生辉
每一个品牌都在这里驻足
争相停锚泊港
昔日的蔗地蕉田
如今的科技新城

国家先进装备制造高新技术产业化基地
国家火炬计划装备制造中山基地
国家健康科技产业基地
国家高新技术产品出口基地
国家现代服务业数字医疗产业化基地
中国包装印刷生产基地
中国电子中山基地
中国技术市场成果产业化示范基地
中国汽车零部件制造基地

这是九块响当当的国家级牌子
居全国高新区之最
矗立在伶仃洋畔，凝视又傲首
你秉承着孙中山先生博爱天下的精神
在开拓，敢为天下先
你代表着一种发展方向和产业政策
在探索，不走回头路

在这片充满活力的土地上
你播撒了科技的种子
你培育着创新的人才
你孵化出一个个成果
你在突破，你在创新
你用了三十年，用梦想在构建

一个安康和谐宜居的生态城市

这是一片渴望的土壤
鲜花在这里自由开放
小树在这里长成栋梁
汗水与智慧在这里结晶
收获和喜悦在这里增长
这是一片神奇的土地
从三十多年前唱着咸水歌的小渔村
变成了高举科技之光的
重量级的城市巨轮

啊，火炬开发区
你这艘巨轮，正乘着新时代的东风
向着那蔚蓝的大海
扬帆起航

罗阿树

早安，火炬

当鸟儿啼破这里第一缕曙光
在任意一个清晨去倾听
你会听到枝芽和花叶萌发之音——

街道清洁阿姨的扫帚如巨笔唰唰作响
早餐店大叔把小米粥熬得热气腾香

不少大爷大妈在广场悠然晨练
几位志愿者在街边热心帮忙

高高的脚手架上，建筑工人与朝阳一同升起
筑起、焊接这座城市坚硬的脊梁

工厂里小伙和妹子们正在装配精密的梦想
商店里笑容甜美的导购为你指引心仪方向

快递员小张忙着递送一件件小幸福
保安员老杨哼着小曲儿开始交接班

一列高铁刚从中山站轻快出发
一位朋友发了条朋友圈：心底有阳光，一切充满阳光

是的，如果我是一只小鸟，我会飞翔在这里的天空
去亲吻这片蓝天上每一朵云

如果我是一株莲，我会在得能湖的夏晨

开出最素雅的一朵荷花，送出一缕莲香

如果我是一只小鱼，我会畅游这里的每一条河流
去呼吸咸淡水上飘着乡情的歌谣

而你，或许是一位普通的清洁工人
却为这里带来了美丽和整洁

你，或许是一位普通的快递小哥
却为这里带来了便捷和高效

你，或许是一位普通的警察、消防员
却为这里的百姓带来了一方的安宁

或许你还是一位老师、医生、工程师、管理者……
还有更多的身影，他们在这里劳动，创造，思想

勤劳成为你我最动人的舞姿
汗珠成为你我最闪亮的宝石
文明和智慧成为最美的花朵

呀！在火炬区的任意一个清晨去留心
你会发现一树树梦想在这里悄然绽放
许多枝芽和花叶在清润的晨光中写下——

早安，可爱的人们！
早安，美丽的家园！

苏华强

走在开发区的路上

我在思考
为何这片土地令人向往
为何这方水土充满诗意
绿树环绕的街道
商厦鳞次栉比
四通八达的路网
工厂气势雄伟
环境优美的小区
人们安居乐业
可有万丈画卷
把这里的风物详细描绘

我在回忆
这里从前的故事
沙边村的记忆依然
横门水道的河水悠悠
斗转星移
沧海桑田
旧貌已换新颜
勤劳与智慧
打造出一个现代化新城
东镇大街的变迁
康乐大道的繁华
科技创新之路越走越宽
八方人才汇聚这宜居城市

我在感慨

该用什么诗句讴歌这里的成就

改革开放四十年　建区发展三十年

今天这里百业兴旺

世人瞩目

一张张国家级名片

熠熠生辉

濠头的木龙舞出精彩

绚丽的彩炮绽放希望

开发区

高速发展的代名词

开发区

充满活力的新解释

开发区

写意生活的好地方

汪承兵

穿过得能湖就能抵达春天

车下广澳高速　往东
抵博爱路
近华佗山
生活的缺口
在这里堵住

此刻
一个城市的精彩夜晚
正式　拉开序幕
在健康花城大舞台
在明珠广场的文化长廊
在世纪广场的人潮澎湃

此刻
漫步在得能湖
凉风习习
荷叶田田
清风正气
皓月无边

此刻
漫步在得能湖
孩子们在绿道上奔跑嬉戏
大人们在欢快地舞蹈歌唱
快乐和希望的脚步
都在这一刻起航

此刻
得能湖就是一首诗
更像一部励志的纪录片
把开发区三十年的蜕变
向来自五湖四海的人们
现场直播

此刻
你我都是开发区的风景
我们来自祖国的四面八方
我们在这里遇见
最美的山水
最美的人
而我们都赶上了最美的时辰

此刻
我们都是幸运的人
有幸在这得能湖畔
看见你我的汗水
在每一片绽放的荷叶上
在每一次奔跑的脚步里
永不停止

此刻
你我都是时间的见证者
在生机勃勃的南中国
我看到
一列风驰电掣的动车
由辽远
驶向壮阔

王晓波

中山港，我们钟爱一生的幸福

当鹅毛大雪的北国
穿着棉袄，堆着雪人
雪橇在苍茫中飞驰
东经113.3度，北纬22.5度
早春三月的中山火炬开发区
山岗田野已蹦跳出
五颜六色的春花
山水美、自然美、人文美
适宜居住、创业、创新、旅游
三十而立的中山火炬开发区
在春风中悄然绽放

一场孕育春意的寒雨走后
山低水近的花鸟城
绣满了朵朵白云
鸟声滑过开发区的天空
天更蓝，更辽阔
当太阳跳上树梢
华佗山鸟语花香枝头闹
阳光中，康乐大道和大街小巷露出了笑脸
攀越围墙的爆竹花笑容可掬
那倔强的岭南红棉笑逐颜开
遍野的杜鹃
映红了得能湖公园

四通八达的河网
泛起了开心的涟漪

那闪烁的波光
那流动的清风
那是我们钟爱一生的幸福

曹 波

我在火炬开发区等你

今天，我要献上一首诗
题目是"我在火炬开发区等你"
我要让许多人知道
火炬，一个点燃激情和梦想的名字
在锦绣中山
在南粤大地
如一颗璀璨的明珠在闪耀

她源于一个氤氲岭南风情的小渔村
从古朴深情的东乡民歌中走来
从改革开放的大潮中走来
这里的山，有海的色彩
这里的水，有山的气概
这里的人，说多美就有多美
这里的街巷、村庄、园区
像朵朵盛开的凤凰花
无不令人向往和迷醉

我在火炬开发区等你
等你在丰盈清丽的横门水湄
等你在风景如画的凯茵新城
等你在荷香四溢的得能湖公园

三十年的风雨历程
开发区人筚路蓝缕
创造了一个个神话般的奇迹

当你走进火炬新园区那一刻
便自然地感受到新时代火炬的光芒
闪亮在宜业宜居的宏伟目标里
闪亮在经营科学之城的前瞻性规划里
闪亮在走向国家战略竞争的多彩蓝图里

来吧，朋友
号角已吹响
火炬已点燃
我在火炬开发区等你——
我的诗，在深情地呼唤你
我的心，在热切地期盼你

夏志红

火炬印象 （组诗）

序　章

八百多年铁城中山的东部
有一把熊熊燃烧的火炬
三十而立唱大风
喷薄而出的新时代高擎前行

康乐大道

摸着石头过河
在大沙田中闯一条新路
奋斗的汗水铺出康乐大道
幸福的生活比花儿还美好

得能湖

得能莫忘
海纳百川的胸襟
五湖四海的气度
凝聚成精气神融入大湾区创盛世图腾

健康花城

十年树木百年树人
一生一世一宅
千年修来的洪福安居乐业
万年修到的洪福健康幸福

华佗山公园

金山银山不如绿水青山
金杯银杯不如百姓口碑
望闻问切大健康华佗再世
不忘初心改革开放再出发

横门水道

珠江水滚滚东流经横门水道流入伶仃洋
咸水歌世世代代薪火相传唱出丰收凯歌
忆当年逢山开路闯荡南洋的风骨
看今朝遇水架桥深中通道写风流

肖佑启

最好的时光在沿江大道

一条抛物线，细长、圆润，像冠状动脉
沿途发出无数条侧支
搂住开发区的心跳
这是一种强大的优质基因
在深处有节奏地回弹

与风对峙，最好的时光在沿江大道
有马路延伸，有基地拓展，有大大小小的念想
那坚定深邃的目光
随时准备发布憋在内心许久的誓言

一条抛物线在中山港大桥至马鞍岛环摆
喜欢跳跃的人追赶另一伙喜欢跳跃的人
每跳跃一次
难度增加，花样翻新，时间紧迫

在沿江大道奔跑
你不得不佩服火炬人的体质和身体的健壮
棕榈树与三角梅天天商量
怎样让飞快的日子天天向上

一条抛物线，足够将沿途的风景围住
风放大了奔驰的回声
清晰的线条，两旁有足够的空间
快节奏的日子，按捺不住奔跑的念头

中山港的时钟显示屏即时更新预报
船来船往的距离和变化
在沿江大道思考
每一刻都是浪漫的快乐的期待的

从横门水道吹过来凉爽的风
还将一路向东继续向粤港澳大湾区吹去
就像今天的好日子
一直紧紧攀缘在广澳高速的直行道上

徐 林

情系开发区

我投身这片热土
年轻的心激情澎湃
与电子插件、车床和中空玻璃
对手搏击
骨骼发出清脆响声
不知疲惫
在无可拯救中向你俯下身躯

我和她的足迹
印在得能湖边的草地
或许它们欢快的形状
比湖中盛开的荷花还美丽
原以为离不开彼此的存在
在某个未知路口
命运已陡然转入陌生的岔道
甚至赶不及来点藕断丝连

妈妈，妈妈
我在睡梦中呼喊你
却从不对你道一句"辛苦"
只讲述这里的灯红酒绿
和蓬勃的青春
妈妈，我要做一个
比父亲还要硬朗的男子

失重的灵魂

漂浮在星星坠跌的夜晚
我十六年的呼吸
回忆和爱恨情仇
已混入下班的人群车流
无数张变换面具的面孔
消失在夜色的朦胧里

寂静无眠的深夜
试图在深邃的苍穹寻觅救赎
脑海中反复播放你快速的变迁
和绚丽的篇章
每一个洒水车驶过的早晨
我凝望黎明的曙光
它永远比黄昏的落日更诱人

妍　冰

中山火炬　照耀岭南

如果珠江口是一条蔚蓝色的玉带
那么中山火炬开发区
则是镶嵌在这条玉带上的璀璨明珠
省市政府创办
国务院批准
第一批国家级高新区
就诞生在珠江西岸

三十年来
中山火炬高新区高擎
"发展高科技、实现产业化"旗帜
开拓创新与时俱进
在珠江之滨
绘画了一幅沧海变桑田的壮丽画卷

七十平方千米的土地
二十六万人口
开发区人在这片热土上
书写了美丽华章一篇又一篇

九个国家级基地
竖起六大产业大旗
装备　电子　医药　包装　汽配　新能源
建成了一个集科研、工作、生活休闲
于一体的现代化科技新空间

党的十八届三中全会
火炬开发区点燃
"强服务、促升级、抓创新"
自主创新推动产业集群
优化创新环境
促进高新技术大发展

如今　经过多年沉淀
火炬开发区
已是中山经济和科技的前端
珠三角西翼重要基地
犹如一颗明珠
在珠江西岸　璀璨

改革开放的浪潮
在南中国的大地上翻卷
曾经是一个风情的小渔村
华丽转身
承载着中山市的城市梦
中山火炬　照耀岭南

杨万英

一个花碗打开十三边

东乡，从一首民歌里走出来
鱼虾蟹们还在民歌里繁衍生息
荔枝、龙眼、芒果、香蕉还在
民歌里酿造生活的香甜
她们的低调，平分稻香十里
压倒蛙声一片

用情至深的少年郎，初心不改
三十年前东乡，三十年后东乡
爱这灯火、渔火、烟火里的小人间
捕捉鱼虾的好本领，也捕捉高科技商机
三十年修炼，他心中全部的诗意
已经催生了一个东乡的新时代
他心中全部的激情，把东乡燃成火炬
以火炬区为几何中心，整个大湾区
都忍不住侧身靠拢过来

濠头、葤尾、泗门、上巷、沙边……
陵岗、小隐、大环、宫花、张家边……
在东乡和故乡之间，我不想左右为难
只想做个香山阿姑，截取民歌最香艳的乐段
"打起个胭脂水粉出街行"，一路吟唱
比兴地唱，暗喻地唱，双关地唱：
一个花碗打开十三边
火炬区打开了三十年……

黄昏，我会顺着这首民歌的尾音
悄悄转身，回到豆蔻年华
在一个叫窈窕的小村，看星河灿烂
坐等君子用明亮的流水线
为东乡编写深情告白的情书
坐等他夜里辗转反侧
所有的梦
都以东乡为芳名

徐一川

火炬火炬， 时代的奇迹

你乘着东风呼啸而至
犹如踩着风火轮那般的神奇
在珠三角这片迷人的土地上
你迅猛崛起，昂首矗立
宽广的胸怀迎接着八方儿女

曾几何时，你还是一座荒凉寂寞的渔村
古老的咸水歌啊传唱至今
曾几何时，你还是一片人迹罕至的滩涂
祖祖辈辈在这里苦苦躬耕
而如今，你已成为一颗闪耀在滨海的明珠
绚丽的风采令世界瞩目
从封闭到开放，从温饱到小康
产业基地的壮大，工业园区的繁华
你龙腾虎跃的雄姿，正与全球顶尖者们对话

怎能忘记开疆拓土的艰辛
你发扬了孺子牛的精神
怎能忘记那恶魔似的"非典"
你奋勇抗击，战胜了死神
在创业的大道上
你始终走在前列
在各种灾害面前
你争分夺秒，众志成城

从单项改革突破到综合配套推进

从率先引进外资到发展自主创新
从"中国制造"到"中国创造"
每一次的实践，都是你前行的阶梯
每一次的亮相，都让你惊艳了世人
你似喷薄的朝阳，光芒万仞
又如汹涌的春潮，万马奔腾

三十年风云变幻，你始终敢为人先
三十年日夜兼程，绘就这壮美画卷
你是中国经济发展的精彩缩影
是孙中山故里改革开放的奋斗前沿
你坚韧不拔的姿态，舍我其谁的胆识
足以担当中山乃至粤港澳大湾区翱翔的排头兵
你顶天立地，傲视群鹰
无愧历史，不忘初心

火炬啊，火炬
你是新长征路上的丰碑
是挥斥方遒的时代奇迹

章　晖

奔跑吧，火炬

当地理的经纬度烙上火炬之名
意味着黑夜亮如白昼，风暴自动遁形

密码不用解锁，行走的石岐话
水上话，东乡村话宛如唐诗宋词飘起了古韵
轻轻合拍五湖四海的乡音
我确信火炬之光留有古希腊的火源
在华夏，在岭南，在中山东部
成为希冀也成为你手中的长鞭
鞭策自己，也鞭策三十年来的苦乐年华

你在奔跑中涅槃，重生
在奔跑中立为标杆，捧出珍珠
在奔跑中与世界接轨
在奔跑中与高科技合作
让一只经济领头羊在香山阔步
走进你，产业链中便可细数家珍
装备制造、健康医药、高端电子产业集群
新能源产业、现代服务业新兴产业
传统支柱的包装印刷业、汽配产业……
你带着使命如鹰翱翔，如鱼游刃

清风斜雨时，你便从产业链中转身三百六十度
目浸水稻田中弥漫的清香
肤亲天和温泉汩汩的絮浪
让心祛尘洁净

秋意浓郁时，你便用深邃的目光探古
大环华佗庙，濠头青云桥还原山水禅意的灵性
浦江世泽坊，濠头村石狮子庇佑村落安稳
光绪铁钟盘坐安澜时光，祈福国泰民安
水洲山炮台，三仙娘山炮台，下岐山炮台
现出了一道道结痂的历史疤痕

让一个铁骨铮铮的民族警醒
当济世的华佗将悠悠医魂
安放于公园，乔木花草
亭台塔榭皆成为心灵的处方
当宜人的得能湖公园红霞满面
来者便能找到本命生肖
八字命运如同石雕不屈于滚滚红尘
栖凉亭，入竹径，观楼影，学水杉背水逆行
将体内的雷，来稀释春天的雨水
而夏日水草丰茂，碧荷秀挺
每枝荷皆是你传递的火炬

与海相望，与江毗邻
心域宽广，地域辽阔
每个角度，都能看到你擎举的火炬之光
那是你火炬开发区，砥砺前行携带的火种

294

黄廉捷

乐　章

春天轻柔的脚步声近了
火炬为南海边热土捎上闪亮的口信
珠江水，以奔流不息的血脉
问候香山吹过的春风
春风与星空交流
成为这里不灭的记忆
阳光为江河与群山奏响乐章
亮眼的火光为咸淡水之地带来温暖
璀璨的土地正紧握发展的根脉
举手描画城市天际线

见过宫花之美
遇到博爱之美
摸过仝山之美
深知泥土的实厚
濠头的木龙的摆舞
东乡民歌的欢唱
中山港码头的繁星点点

这是崭新之城
灿烂之火在燃烧
为晨曦镀上金色的光彩
街边的花草树木让天空辽阔
晃动着身影正在扭转命运
候鸟飞向此处
带着梦想

编织生活的故事
汗水、拼搏、创新……织出悦耳的乐曲

火光映出劳动者最美的舞姿
金黄的火焰向我们招手
你听到为火添柴的声音吗
它以清脆独自描绘一个美丽的梦想
和春天一起播下火种

邓锦松

共同见证

十月的开发区
凉风习习，花果飘香
一颗璀璨明珠
闪亮珠江西岸

伟人故里
今日湾区
区位独特，占有历史先机
蕴藏着巨大的发展潜力
三十春秋，又逢盛世
沐浴着灿烂的朝阳
踏着改革开放奋进的鼓点
乘着科学发展的强劲东风
解放思想，干事创业
谱写一曲又一曲崭新的篇章

看哪！
昔日的荒滩秃岭变成了一片片现代化工厂
过去的芦苇草丛变成了欣欣向荣的高科技工业区
国家健康产业基地、中山港码头、
电子信息产业园、会展中心……
正在成为区域发展的靓丽板块
天然氧吧华佗山、得能湖体育休闲公园、
宽阔大道绿树成荫……
一道道城市风景
倾情打造，应运而生

人与自然和谐相处
我们共同见证
开发区的碧海蓝天、红瓦绿树、鸟语花香

豪爽豁达、大气包容的地域民风
战风斗浪、勇立潮头的海洋文化
坚忍不拔、百折不挠的革命传统
不断发扬升华
三十年风雨兼程
三十年沧桑巨变
创业者高举艰苦奋斗的旗帜
高举科学精神的火炬
创业的故事可歌可泣，动人心魄
开拓者们不畏艰辛，奋进拼搏
迈开坚实的步履，不断勇攀新高
多少奇迹呵，开发区人创造
壮丽的画卷呵，在珠江西岸绘描

改革开放大潮，潮起潮落
在这个充满机遇和挑战的时代
火炬开发区这头雄鹰
正迎着嘹亮的号角
向着新的目标和理想
展翅飞翔……

唐志勇

火炬印象

我说不出它的辽阔、博大
和文脉中蕴含的深邃
每个怀揣梦想的异乡人
在这里
总能找到自己的星座和天地

第一次，我从咸水歌里
听出了她曾经的沧桑与美丽
第一次，我惊叹于一个小渔村的华丽蜕变
和它凝聚的岭南智慧

这个品牌荟萃的地方
除了历史、牌坊
什么都是新的

它的苍穹是无边的蔚蓝
它的空气是无边的清新
它的港口是无边的忙碌
它的交通是无边的畅达
它发展的车轮始终朝着新时代的梦想
滚滚向前……

在这里，木棉花开是一种幸福
得能湖赏荷是一种幸福
登上华佗山仰望蓝天是一种幸福
坐在太阳城里吃着台湾涮涮锅是一种幸福

和一群爱诗的朋友围着月色畅谈诗歌
是一种幸福

在这里
我无法用"魅力"这个简单的词语
将开发区笼统描述
我想
我愿意它就是我的第二故乡
我愿意是一滴水
枕着它大海般的臂弯
轻轻睡去

胡汉超

盛开在蕉地农田里的一朵奇葩

三十年前
青葱年少的我
站在华佗山顶
那时它还不叫华佗山
山上杂草丛生
人迹罕至
"老鼠山"这个乳名倒也贴切
水尽山环极大观
小隐涌贴着山脚
迤逦而行
两岸都是蕉地
桑基鱼塘与农田
随处可见
成为这岭南大沙田的主角

低矮灰白的砖瓦屋
躲藏在斑驳的碉楼后面
榕树与龙眼树的树荫下
不时有纳凉的村民
钻进去
躲避夏日的酷热

三十年后
双鬓微斑的我
再次来到华佗山顶
崭新的登山步径

从山顶挂到山脚
我与华佗老人
在山麓邂逅
华佗庙香火旺盛
驻足八角亭上
一个高大的火炬区
突兀而立
一些摩天大楼
挑高了天际线
为大地安上巨大屏风

昔日的蕉地农田
全部消遁于无形
小隐涌在住宅群和厂房间
若隐若现
中山港大桥
巨人一般
横卧在横门水道上
桥下舟楫穿梭往来
岸上货柜车络绎不绝
广珠城轨与广澳高速
为这片七十平方千米土地
撑开骨架
深中通道
已然在城东那片水域
擘画未来

孙 虹

传 奇

曾经
南海的风
轻拂着
盼归的渔船
珠江口上
点点的渔火
照亮着
往日的小渔村
锦绣的海湾
丰沃的良田
悠悠千载流淌的咸水歌
载着东乡人的梦
摇过沧海桑田
在一片滩涂与荒地上
梦想与实干相遇
播撒下希望的种子
传唱着
和美的歌谣

如今
改革春风
聚拢着
南来北往的精英
中山港前
络绎不绝的客轮和商船
见证着

今日的开发区
敢为人先的桥头堡
锐意创新的试验田
科技之光点亮的火炬
插上中山智造的翅膀
飞向五湖四海
蒸蒸日上的产业创新高地
科技与创新携手
结出了丰硕的果实
书写着
不朽的传奇

凌　晶

火炬之歌
——写在中山火炬高技术产业开发区建区三十周年

黎明的微光
在一声声低沉的汽笛声中
渐渐明亮起来
中山港口岸
一艘驶往香港的客轮
正迎着朝阳离开码头
装满货物的客轮，一艘挨着一艘
准备驶向更远的海岸
这里
一座城打开了对外的大门

这里
一个充满生机与活力的高新区
正在走向世界

世界品牌在这里汇集
才智精英在这里扎根
健康科技产业蓬勃发展
国家火炬计划装备制造产业正茁壮成长
中国包装印刷基地
中国电子中山基地……
都在这片七十平方千米的土地上
开花结果
正如同他的名字"火炬"一般
科技之光照亮了整个中山

傍晚，走在得能湖公园的荷花池边
微风吹来，花舞叶动
摇曳之中，仿佛还能忆起
三十年前这里的模样……
一个小小的渔村
一派岭南风情的村落
坐落在珠江西口岸边
日出而作，日落而息

入夜，宽阔的马路两旁
一座座高新科技楼
拔地而起，流光溢彩
世纪广场上
音乐喷泉和着时代的节拍
孩子的欢声笑语
如同梦想在空气中开了花
健康和美的生活社区
描绘着万家灯火的温情画卷
中山火炬开发区
三十年的奋斗不息，三十年的翻天覆地

马时遇

与世界一起　擦亮未来
——致开发区建区三十周年

火，天生有着刚烈的性格
这倔强的意志
多像个斗士
就一点儿火焰
足可点燃这片乡村滩涂

改革开放的号角如春雷
一声紧过一声
喊醒　沉睡的过去
仿佛一夜之间
这弹丸之地
以火炬命名的地方
到处　翻天覆地

瞧
鳞次栉比的高楼商铺
如雨后春笋
六十三家
国家高新企业纷纷落户
这是何等的阵容和气魄
各类顶尖人才前赴后继
洒下青春的热血
地理优势便是大舞台
商家们齐齐竖起大拇指
不愧是珠三角西岸水陆交通枢纽呀

从传统的工业园区到现代化海滨新城
从"火炬速度"到"火炬效益"
这一切的一切
离不开火炬人几代的拼搏和血汗

过去的三十年是浓墨重彩的一笔
过去的三十年是伟大宏图的前奏
过去的三十年是团结创新的结晶
俱往矣
将来的三十年再三十年……
我们有信心
以高瞻远瞩的韧劲
簇拥着这把年轻的火炬
与世界一起　擦亮未来

张锐权

一把照耀南国的火炬
——纪念中山火炬开发区建区三十周年

她原本是岭南风情中的小渔村
她在伟人故里
把动听的东乡民歌赓续传唱
歌声传到伶仃洋，传到远方的梦
把精彩的濠头木龙带着梦舞动
一身香山魅力在岭南舞台
舞出一个
红红火火的名字——"火炬"

时代因改革开放的浪潮而巨变
她拥有火炬之名三十年来
那深厚的人文底蕴
一直发自灵魂深处的气息没有淡化
更加浓厚地与现代科技文化和睦相携
她脱胎换骨
却不忘初心

昔日的渔舟唱晚
已风化成　一张旧照片
催生城市的新貌
她以博爱　创新的思想
点燃伟人的火光
创造自己的锦绣前程
她以包容和谐的胸怀
拥抱历史的智慧

展现自己的无限魅力

今天的中国梦
焕发着她的春天
风华正茂
于粤港澳大湾区里
催发了她的新时代
她不仅名字叫"火炬"
而且是一把照亮中山的火炬
也是一把照耀南国的火炬
吸引着五湖四海的人才精英和企业家
以火炬为家
以火炬追寻理想
以火炬照亮人生……
文化创意　科技创新
已成为她腾飞发展
青春永葆的动力

三十年来
她伴着伟人的名字与胸襟
她携着数万人的美好宏愿
挖掘出深埋于历史土壤里的文脉
在改革开放的潮声里
点燃博爱　创新　包容　和谐之光
照亮城市的灵魂

后 记

诗歌，一座城市的光亮

中国是诗的国度。诗歌有丰富读者的精神世界、增强读者的精神力量、满足读者的精神需要的神奇力量。一座城市的精神与灵魂需要人去塑造，中山诗人正是通过一系列真诚的诗歌创作体现了中山这一城市的精神和品格。21世纪以来，由于中山诗歌活动相对频繁，"中山诗群"频频在各级媒体发表作品，"中山诗群"旺盛的创作活力和丰硕的创作成果在广东省和全国引起了极大的关注。"中山诗群"的快速崛起，已逐渐成为中山市文化名城建设的一张亮丽名片。

一、好雨知时节，当春乃发生

中山地处改革开放前沿的珠江三角洲，是中国的一颗闪烁明珠。伟人故里中山，是一座人文传统悠久、人文积淀深厚的名人城市，是一座充满诗意的诗歌之城。近现代以来，在文学艺术方面，杰出的代表人物就有才情非凡、能诗擅画的苏曼殊，有写下著名长诗《漳河水》、在中国当代文学史上具有重要地位的阮章竞，有茅盾文学奖获得者刘斯奋，有"跨界音乐大师"李海鹰。改革开放给中山带来了繁荣富裕，也给中山的文学艺术事业带来了勃勃生机。1985年，中山诗社成立。中山诗社在其鼎盛时期，有旧诗诗人和新诗诗人近200人，其中"中山诗社新诗组"有老、中、青诗人近40人，曾出版《中山新诗选》（二辑），很大程度地繁荣了中山新诗的创作。另外，一些热爱新诗的青年诗人成立了"三只眼"5人诗歌部落。这段时期，中山的新诗创作与广东其他城市相比仍显微弱。这并非中山诗人的作品差，主要原因是中山的诗歌艺术和外界交流较少，故中国诗坛对中山诗人较为陌生，中山新诗可谓"藏在深闺人未识"。最艰难的时刻就是离成功最近的时刻。当我们做事遇到阻碍时，不妨打破常规，换一种角度去思考，或许能取得事半功倍的效果。人类历史上的无数次变革表明，循规蹈矩、墨守成规永远不会有前进和突破。在中山市诗歌学会成立后，该诗歌学会组织中山诗人以"诗群"的形式广泛与外界进行接触，"中山诗群"才被真正激活起来，并使中山诗坛发生了前所未有的变化，

"中山诗群"开始受到全国诗歌界的关注。

2007年11月23日，这是一个令中山诗人难忘的日子，在著名诗人、中山市委常委、宣传部部长丘树宏的倡议和支持下，中山市诗歌学会在中山市文艺者之家正式挂牌成立，全国著名诗人、诗评家张同吾、韩作荣、叶延滨、雷抒雁、李小雨、梁平、祁人等出席了中山市诗歌学会的挂牌成立仪式。中山市诗歌学会现聘请了20名全国著名学者、诗人、诗评家为学会顾问。现有顾问：谢冕、叶延滨、丘树宏、商震、李少君、吴恩敬、杨匡汉、梁平、杨克、潘红莉、臧棣、胡弦、张德明、霍俊明、刘川、刘向东、张新泉、杨庆祥、黄礼孩、李云等。"好雨知时节，当春乃发生。"中山市诗歌学会的成立是中山文艺界的喜事、盛事，它对中山诗歌的创作和发展具有十分深远的现实意义，从某种意义上说，它是"中山诗群"出现的开端。因为有了中国当代诗坛的许多名家和国家级诗歌刊物的"当家人"做我们中山诗人的顾问和老师，我们的作品才找到了走出中山、走出广东和走向全国的"捷径"。

2008年1月12日，中山市诗歌学会举行理事会选举大会，51名会员出席了会议。李容焕当选了主席，丘树宏担任了名誉主席。中国诗歌学会副秘书长、中国诗歌万里行总策划祁人到会祝贺。中山市诗歌学会的成立，为"中山诗群"的形成打下了较好的诗学"群体"基础，使诗群队伍不断成长和壮大。2013年底，该诗歌学会理事会改选，王晓波当选主席并连任第二、三届主席；李容焕改任名誉主席。中山市诗歌学会成立至2020年已有会员近百人。

"引导中山诗人的好诗、好作品走出中山、走向全国，让国内外的诗人和评论家们更加关注中山以及中山的诗人和作品，让中山成为全省乃至全国的诗歌强市。"这是《中山诗人》报创刊词里的一段话，也是中山诗歌的期望，更是中山诗人坚守的一种使命和责任。2008年3月23日，中山市文联在中山纪念图书馆举办《中山诗人》报首发仪式。《中山诗人》报由中山市文联主管、中山市诗歌学会主办。由文化和旅游部原部长、著名作家王蒙题写报名。2015年下半年，《中山诗人》改版为大型诗歌季刊《香山诗刊》。《香山诗刊》的创办，为中山广大诗歌爱好者提供了一个展示才华的创作交流平台。刊物出版后，我们通过邮局邮寄到每位会员手中，让诗人们有一个温暖的家，有一个发表自己作品的阵地。同时，还通过刊物和全国各地的同行进行交流，每期的刊物邮寄量近千份，很好地团结了全体会员，也对外展示了"中山诗群"的形象。中山诗人群体已逐步形成群体力量，而且地方特色强烈、明显，中山诗人诗歌作品充分表现中山风物，并关注重大事件、关注重大社会现象，这种社会责任感和担当意识成为"中山诗群"诗歌很重要的地方特色。

为繁荣中山市文化建设，近年来，诗歌学会每年策划主办"中山市新年诗会""中山市春天诗会"，并多次主办"中山市端午诗会""中山市中秋诗会"等沙龙形式的文化活动。"中国诗歌万里行"大型公益诗歌文化工程是全国最具影响力的文学活动品牌之一，曾先后12次来到中山采风，诗歌学会积极做好其中的协办工作，并组织了中山诗人一起采风。中山市诗歌学会还筹办或协办了"纪念改革开放40周年"诗歌作品展演活动、"新诗百年　诗梦同行——粤港澳台2017年新年诗会"、"新诗百年：2017粤港澳大湾区海洋诗会暨'魅力湾区诗如画·秀美西江博爱情'"活动、纪念孙中山先生150周年诞辰全球汉语征诗活动、阮章竞诗歌奖和诗歌沙龙活动、"握手农民工"大型诗歌公益活动、"勿忘国殇，珍爱生命，祝福汶川，以诗聚爱——让我们的诗歌筑起一个新的汶川，纪念汶川地震10周年"活动，以及"我们的声音——诗歌进工厂系列朗诵会"等。学会还组织诗人到全市各镇区如东凤、神湾、小榄、坦洲等地进行文学采风活动，并与当地文联进行互动、交流学习，使中山诗人不仅开阔了视野，更是带动了当地文学创作，为诗人之间以及不同种类的艺术之间的交流搭建了一个好的交流平台。

二、面向社会，深入人生

诗歌，是时代的号角，是历史前进的足音。近年，中山诗人的敏锐、良知、社会责任以及勇于担当的精神，得到了充分彰显。2008年5月21日，汶川地震。5月21日下午，由中国诗歌学会和中山市委宣传部主办、中国诗歌学会承办的"中国诗歌万里行抗震救灾志愿采访团"赴汶川地震灾区实地采风。中山市诗歌学会两位诗人马丁林、龙威与北京、成都诗人等7人远赴四川震区一线，开始为期8天的实地采访创作。《中山诗人》报以最快速度出版"抗震诗"专号，展现了中山诗人对灾区人民和抗震救灾的无限关注。在这次抗震救灾过程中，诗歌产生了极大的影响力，从一定程度来说，抗震救灾其实也给了诗歌一次复兴和证明的机会，凸显了中山这座历史文化名城的文化自觉。在汶川地震一周年之际，20余位中山诗人向灾区学校图书馆捐赠了自己的诗集，举办"捐书助学"的爱心活动。2009年4月24至30日，中山市诗歌学会的诗人俫俫和叶才生参加了中国诗歌学会组织的"中国诗人重建家园志愿采访团"，诗人们拿起手中笔讴歌人间大爱，写出了许多鼓舞人心的抗震救灾诗篇。其中，俫俫创作的诗歌《那是什么在我的心底奔跑》很耐人寻味，"在灾区采访的几天里/我总感觉有什么在我的心底奔跑/开始她像一匹马/然后是两匹/再然后是一群马/在我的心底轰隆隆跑过/白天她已跑到我的嗓子眼上/却没跑出来/晚上她们已跑到我的梦边上/却也没跑出梦境/在我离开灾区的汽车上/我听到了电台里在播一首诗/'我有一个强大的祖国'/我恍然大悟/在我心底奔跑的竟是一整个辽阔的祖国"。

中山诗人的诗歌创作，坚持和现实生活保持一种鲜活的创作态度，并不停地寻找突破点。诗人作家要代表社会的良心，成为社会的骨架、人民的精神支柱，诗人作家要自觉地肩负起这一历史的责任，其创作作品必须能够给社会传递和增添"正能量"。在此，值得一提的是，2010年4月14日，青海玉树发生7.1级地震，给当地人民带来了极大的灾难。在大灾大难面前，诗歌成了民族发出的一种有力声音。4月20日，中山诗人丘树宏、李容焕、王晓波、罗筱、刘建芳、何中俊、杨官汉、叶才生、唐志勇在当地媒体发表了《愿高原的生命永葆尊严》《玉树不碎》《中国在行动》《玉树，痛并心疼着的远方》《祈玉的心》《挺立的玉树》《地震中出生的孩子》《玉树现实镜像》《面向玉树》等诗篇，"中山诗群"以孙中山故乡的博爱情怀给予受灾的玉树人民以精神支援，在读者中引起了强烈的共鸣，新华社为此编发了报道——《广东中山诗人群体用诗歌为玉树灾区人民祈福》，被国内的许多报刊和网站广泛传播。另外，中山诗人除了用诗歌表达对灾区人民的关爱，还通过当地慈善机构捐款捐物，为抗震救灾作出积极的贡献。

2020年1月，新冠肺炎肆虐武汉，全国众多省市先后出现疫情。自2020年1月25日开始，"中诗网"在全国开展"抗击新冠肺炎征文"，这是第一个全国性抗疫主题征文活动，共收到来自海内外的1000多件作品，审发600多首诗歌作品，影响广泛。在此次疫情面前，中山市诗歌学会第一时间倡议和鼓励中山诗人拿起手中的笔创作抗疫题材诗歌作品，鼓舞抗疫斗志，坚定抗疫信心，用诗歌作品宣传防疫阻击战的英雄事迹。"中山诗群"充分发扬团队精神，"集团式"创作抗疫诗歌。"中山诗群"团队中，有抗疫一线的医生，有年过八十的高校退休教授，有机关干部，有外企员工，有新闻从业人员，有金融机构人员，有个体户……他们身份不同，但是都有着共同的渴望——为早日战胜疫情，以笔驰援，贡献自己的文化力量。"中山诗群"团队创作了100多首抗疫诗歌，并参加了此次征文活动，这是全国唯一以诗群名义"集团化"参与第一个全国抗疫主题征文活动的群体。"中山诗群"的抗疫诗歌被《诗刊社》和中国诗歌网"全国抗疫诗歌征集诗选"选用,并被广东省作家网登载。"中山诗群"抗疫诗歌还在南方plus客户端的"中山文学"专栏以专题形式进行连载发布。其中,诗人丘树宏的抗疫诗歌在各地传诵,他的诗歌《祖国在,武汉不会流浪》成为《中国艺术报》主办的"祖国在,武汉不会流浪——战'疫'诗朗诵专题"的主题诗歌。他创作的《你是光,你是爱》《以生命的名义》被谱成歌曲,在"学习强国"、人民网、人民政协网、中新社、中国艺术报、中国旅游网、香港大公报和海外华文媒体,尤其是广东省各大媒体、文艺机构等广泛刊载、发表、朗诵、播出,并正式上线发布,《你是光,你是爱》已有十几个版本在全国流传。诗人王晓波的组诗《坚守心底的善良:致敬"最美逆行者"白衣战士》在中国诗歌网、广东省作家网、南方plus客户端发表后,在北京、湖北、浙江、福建、四川、山西、广东等地,被首都师范大学、厦门大学、中山职业技术学院、山西省图书馆、增城区实验小学、杭州基督教青年会等的师生和相关人员朗诵,并发布在"学习强国"平台及朗诵者所在单位的微信平台,成为助力抗"疫"的最强音之一。

中山诗人的诗歌作品面向社会,深入人生。在政治抒情诗这一创作领域,丘树宏创作甚丰,并取得了较为可喜的成绩,受到了当今诗歌界的关注和较高评价。鲜活的诗歌艺术,源自鲜活的现实生活。近年,他创作了一大批诱人共鸣的诗歌佳作,如《以生命的名义》、《共和国之恋》、大型多媒体交响音诗《孙中山》、大型史诗《海上丝路》、大型交响史诗《MACAU·澳门》……中山诗人的诗歌创作近年获得了许多社会荣誉,如:诗人丘树宏诗集《以生命的名义》获得广东省第八届鲁迅文学艺术奖,获《诗歌选刊》2007年度中国最佳诗集奖;其作品获中国作家杂志2009—2010年度"郭沫若诗歌奖"、《诗歌月刊》"2010—2011年度实力诗人奖";他的作品还获广东省第八届"五个一工程"奖,其大型交响音诗《孙中山》曾获第九届鲁迅文学艺术奖,并先后在广州、中山、北京、香港、台湾、澳门等地举办专场公演,受到广大观众的称赞。诗人黄廉捷、王晓波的诗集先后获得广东省有为文学奖桂城杯诗歌奖(广东省诗歌奖)。2010年《诗刊》杂志和中山市委宣传部举办"伟人孙中山"同题诗歌全国大赛,叶才生获三等奖,徐林、黄权林、罗筱、杨万英、刘建芳获优秀奖;诗人李容焕、王晓波、黄廉捷、黄刚、刘春潮、杨观汉等人的诗歌作品获"中山文艺精品奖"。诗人倮倮、徐向东、王晓波等的诗歌作品获"香山文学奖"一等奖。另外,诗人黄廉捷、杨万英、梁雪菊、于芝春、洪媚、妍冰、郑玉彬、洪芜、蔡志宏、廖洪玉、黄柳军等,也先后获得全国报纸副刊文学奖、"香山文学奖"等各种奖项。

三、桃李不言，下自成蹊

"文场供秀句，乐府待新词。天意君须会，人间要好诗。"（唐·白居易）2009 年 7 月起，国内著名诗刊《诗歌月刊》专门开辟"中山诗群方阵"专栏，用十多期版面推介了丘树宏、李容焕、王晓波、余丛、祝晓林、俅俅、刘建芳、龙威、木知力、刘春潮、梁雪菊、董妍、叶才生、陈光钵、黄刚、杨观汉、于芝春、罗筱、徐向东、月牙儿、徐林、马丁林、阿鲁、黄权林等为代表的 50 名中山诗人的诗作和诗歌评论，在国内诗坛引起了较多关注。在《诗歌月刊》2010 年第 7 期，著名诗歌评论家、中国诗歌学会秘书长张同吾在为"中山诗群"所写的专论《蔚然大观的诗歌方阵》中写道，"一批批形色各异、风格各样的诗人雨后春笋般涌现，形成了蔚然壮观的中山诗群"。"中山诗群"这支队伍老、中、青诗人相互兼容、相互启迪，有星星，也有月亮，具有多元化写作的明显特点。中山诗人开放包容的品格，不同的创作方法、艺术风格和审美个性相互兼容，传统与先锋并存，共同表现出热爱生活、热爱自然、热爱时代和珍重自我的情愫。

2009 年 12 月 31 日，广东"中山诗群"作品研讨会在孙中山故居纪念馆举行，由广东省批评家协会和中山市文联联合主办，来自广东省内文艺理论界的有关专家以及"中山诗群"的代表参加了会议，对近年来涌现出的"中山诗群"现象进行探讨。时任暨南大学党委书记、广东省文艺批评家协会主席蒋述卓认为："近年来，中山接连出现了不少像《共和国之恋》《以生命的名义》等在全国叫得响的作品，形成了独特的中山诗歌现象，这在全国都是少见的。中山的政治抒情诗，已经形成了它独特的风格，而且在国内都有很重要的影响，有些还获得了国家大奖。这是很不容易的。在它的周围，也形成了以歌颂改革开放、歌颂中山大地为题材的一群诗人。在文学艺术创作方面，中山走在前列，这么多的诗人的涌现很值得重视，诗群部落成绩斐然。"广东省文艺批评家协会副主席、岭南美术出版社社长徐南铁，深圳大学副校长、中文系教授李凤亮，广东省文艺研究所所长陈雁冰等专家分别从中山诗群诗歌的叙事观、历史观以及人文关怀等方面对中山诗歌现象进行了解读，对"中山诗群"今后的发展走向提出了建议和看法。与会者认为，火热的生活激发了诗人的诗情，为诗歌创作提供了很多素材；每一次重大社会事件发生的时刻，中山诗人都没有缺位，他们紧跟时代，紧贴生活，大量诗作的涌现形成宏大的气势，并达到一定高度，值得肯定。

2010 年，暨南大学出版社出版《悠悠咸淡水：中山诗群白皮书》、花城出版社推出《黄金在天上舞蹈——中山先锋诗十四家》，这使得"中山诗群"更引人关注。另外，《作品》和《诗选刊》还先后开辟专栏，推介中山诗人及其作品。"中山诗群"的集体合唱和社会担当引起了共鸣。《悠悠咸淡水：中山诗群白皮书》收录中山 84 位诗人的 300 多首诗作，并梳理了"中山诗群"近年的诗歌活动及主要诗人简介。这是"中山诗群"一次文学成果的巡礼、一次集体风采的展现，同时也是一种艺术追求的宣言、一种思想境界的告白，并梳理了"中山诗群"近年的诗歌活动，较全面地展示了"中山诗群"的集体风采。

2010 年 9 月 29 日下午，《悠悠咸淡水：中山诗群白皮书》研讨会在广东省作家协会 23 楼会议室举行。广东省作协党组书记、主席廖红球，省作协党组成员、副主席温远辉，中山市委常委、宣传部部长丘树宏等领导出席研讨会。会议由省作协副主席、著名诗人杨克主持。参加研讨会的有杨光治、周建平、王干、熊育群、徐南铁、伍方斐、陈志红、艾云、魏微、陈旭、胡波、世宾、黄礼孩、黄金明、黄咏梅、卢卫平、张况、冯福禄、巫国明等诗人、诗评家、文艺界人士及 15 名新闻媒体记者。"中山诗群"成为研讨会的讨论焦点。《悠悠咸淡水：中山诗群白皮书》一书反映了中山诗歌创作成绩，并在广东诗界形成了一道独特而亮丽的风景线。与会者着重指出，在今天这么一个越来越欲望化、狂热追求消费快感的时代，中山有一大群对诗歌如此执着和热爱的群体，让人感到格外温馨和温暖。

近年，在中山博览中心举办的每年一次的书展，中山市诗歌学会积极组织诗人，携带著作到展馆内与读者见面交流，一方面提升了"中山诗群"的形象和知名度，另一方面也为书香书展增添了不少亮色，使得作者与读者的距离进一步靠近。2018 年，中山市诗歌学会还在中山市求索书店主办的《诗"歌"中山》首发仪式暨"中山诗群"作品研讨推介会，以及"人生自有诗意"中山诗群诗丛作品首发仪式暨读者见面签售会活动，举行"中山诗群"向中山纪念图书馆赠送书籍仪式等，中山诗人和读者零距离接触和互动。"中山诗群"受到社会各界的广泛好评。

四、乘风破浪，众志成城

"中山诗群"是一个值得珍惜的名誉。在 2013 年 9 月 18 日的《东方早报》上，上海文化学者孙琴安发表的《当代诗坛的区域诗派》一文中提及"中山诗群"，指出中国的文学派别和诗歌流派的命名有一个从时空逐渐移向区域的过程，当代诗坛就区域和派别而论，可谓流派纷呈、多姿多彩。他还在其专著《中国诗歌三十年：当今诗人群落》一书中重点推介"中山诗群"。近年，著名诗人叶延滨、梁平等还专门为"中山诗群"撰写文章并在《文艺报》和"中国作家网"等媒体上发表，对"中山诗群"给予高度评价。另外，许多专家学者们认为，"中山诗群"的形成有其历史的、现实的、人文的原因。"中山诗群"诗风强盛，有报纸、有群体；诗群诗品高尚，风格明朗，诗体多样，每个个体又有各自的表达方式，这是良好的诗歌的形态；作品题材丰富，田园、乡土题材占了很大部分，表现现实生活的主旋律的政治抒情诗也有很大比例。

"中山诗群"的形成和快速崛起，与中山诗人高度自觉的社会责任、担当精神和使命意识是密不可分的。近年，中山市诗歌学会的诗人创作了大量的诗歌作品，出版了《以生命的名义》《共和国之恋》《骑着月亮飞行》《雨殇》《穿越》《被比喻的花朵》《我们都是风吹出来的歌》《日月同行》《诗歌在诉说》《流淌的岐江》《梦中之河》《画心》《一只蚂蚁的悲伤》《安静的先生》《心湖泛舟》等近50部有影响力的诗集。

"中山诗群"的诗歌创作，紧跟时代步伐，紧贴现实生活，保持一种既严肃又鲜活的创作态度。对于国家和社会发生的重大事件，无论是抗击新冠肺炎、抗击非典，汶川、玉树地震，南方雪灾，还是纪念改革开放40周年，纪念孙中山先生150周年诞辰等，中山诗人们都纷纷拿起手中的笔，以诗歌这一独特形式缅怀、纪念这一段段使人刻骨铭心、催人奋进的历史，对提升和加深读者对历史的认识，起到一定的促进作用。其中，为充分展示中山市诗歌的创作成果，展示"中山诗群"的"文化自信"，2017年，由中山市诗歌学会统筹策划的"中山诗群诗丛"在山东画报出版社出版，王晓波、刘建芳、黄廉捷、梁雪菊、于芝春、郑玉彬、刘洪希、苏华强、杨万英、洪媚十位诗人的诗集结集出版。这是为纪念新诗百年，地方诗群成果在我国诗坛上的一次亮丽展示，是"中山诗群"在中国诗坛上的一次集体放声歌唱。为此，《文学报》在2017年11月30日以"'中山诗群'出版'中山诗群诗丛（10本）'向中国新诗百年致敬"为题专版报道了"中山诗群诗丛"出版情况，并编发了10位中山诗人的诗歌作品专辑。另外，《南方日报》和《中山日报》也就"中山诗群诗丛"出版做了专题评论和报道。

为展现中山的历史、人文、民俗和山水，中山市诗歌学会编辑出版首部关于中山的颂诗《诗"歌"中山》，在《文艺报》、《中山日报》、"作家网"等传媒上刊登了征稿启事，收到了全国各地来稿诗歌近千首。从征诗、选稿到诗集定稿，选编人员付出了辛勤的努力，尤其是常务副主编罗筱在征稿选稿工作中做了大量工作。在诗集的出版过程中，我们得到了中山市委宣传部、中山市文联的大力支持。展读《诗"歌"中山》，读者不但可读到众多中山诗人朴实而优美的诗章，更可读到洛夫、郑愁予、叶延滨、黎青、王鸣久、黄亚洲、杨克、丘树宏、石英、商泽军、刘川等当今中外著名诗人的名篇佳作。

"中山诗群"这支队伍老、中、青诗人不同风格的诗作，呈现相互兼容、百花齐放的风貌。中山诗人开放包容的品格，不同的创作方法、艺术风格和审美个性，传统与先锋并存，共同表现出热爱生活、热爱自然、热爱时代和珍重自我的情愫。

近年来，《中国作家》《诗歌月刊》《诗林》《诗潮》《中西诗歌》《文学报》等全国著名文学杂志和诗歌刊物在显著栏目重点推介"中山诗群"近作；2015年2月现代出版社出版《那一树花开——"中山诗群"诗人选评》；2016年7月现代出版社出版的《中国当下诗歌现场（2016年卷）》集中刊发了26位中山诗人的诗歌佳作。"中山诗群"的频繁亮相引起了海内外诗歌界对"中山诗群"的深度关注。另外，近年出版的《中国诗歌年选》《大诗歌》《中国诗歌年鉴》《优秀网络诗歌精粹》《中国诗歌排行榜》《天天诗历》《中国新诗日历》等权威诗歌选本，也多次选用丘树宏、王晓波、倮倮、余丛、黄廉捷、罗筱、阿鲁等中山诗人的诗歌精品。

"中山诗群"诗人丘树宏带头利用业余时间坚持写作，坚定了许多人尤其是公务员文学创作的信心和勇气。最近几年，他出版了《长歌正酣》《以生命的名义》《共和国之恋》《花地恋歌》等多部专著。2004年底，笔者的诗文集《银色的月光下》结集，正联系中国工人出版社办理出版事宜，很想找一位文学名家或领导为诗文集作序。笔者将诗文集的稿子送给诗人丘树宏并请他作序，一周多后，便收到他发来的序文。在这篇近3000字的序文中，他在点评笔者的文学作品的同时，更呼吁关注"草根文人""草根文化"，并指出：改革文学管理体制、解决"文学公平"，其中的一个重要破点就是该如何真正重视"草根文学"，该如何真正关注"草根文人"。序文落款时间是2004年12月2日凌晨5时，笔者仔细看了他发电子邮件的时间：12月2日凌晨5：23。在"中山诗群"中，包括笔者在内不少人是公务员，如祝晓林、陆文伟、刘建芳、于芝春、罗筱等10多名诗人。当他们得知诗人丘树宏作为市领导，为撰写序文写到凌晨5时，对他这种利用公余时间积极从事文学创作的朴实精神和文化情怀都非常感动、钦佩。

五、星垂平野阔，月涌大江流

诗歌是情感的倾诉，更是一门关于言语的文学艺术。读者喜爱什么样的诗歌？缺乏热情和朝气的诗歌，无疑难以引起读者共鸣。而充满梦想与激情的诗歌，会受欢迎；宣扬爱情与友情的诗歌，耐人寻味；洋溢着青春气息励志的诗歌，"亲民"；饱含深情、富于哲理的诗歌，会深深植入人心。"中山诗群"的作品因"把心交给读者"，而引起读者共鸣，并受到中国当代文坛的关注。大诗人臧克家说："对于时代精神，诗应该是最敏感的水银柱。沸腾的生活像海洋。而诗呢，诗就是它的波浪。""叫后人回忆到我们这时代的时候，不凭历史而凭我们的诗句……"

丘树宏的诗风较为豪放且关注社会重大事件。著名诗人李瑛评价："丘树宏主张诗歌要接触生活，要从生活当中寻找素材。一个诗人必须深入社会各个角落，吸取生活中的营养，发现美，创造美。另外，他主张诗人要有社会责任，我非常同意他的这个理念。诗人肩负着重大的历史责任，或者说告知责任，他影响着人的思想感情。"2006 年 1 月 1 日起，我国全面彻底取消农业税，延续了 2600 年的农业税制度宣告终结，这对于一个有着 9 亿农民的农业大国来说，无疑是一项惊天动地的壮举。丘树宏为此创作了诗歌《2006，中国的脐带断了——写在中国取消农业税之际》。在诗中，他感慨万分地说，"这开始于 2600 年前的农业税啊/这默默生长了 2600 年的脐带啊/曾经给神州大地输送了多少养分/曾经给中华文明输送了多少血液/多么漫长的 2600 年啊/曾经那么年轻漂亮的母亲/变得如此的苍老憔悴/多么沧桑的 2600 年啊/曾经那么强壮活力的儿子/变得如此的虚弱贫瘠"（选段）。诗人把征收了 2600 年的农业税比喻成"默默生长了 2600 年的脐带"，何等确切和精彩。诗的艺术构思过程，是诗人对生活、对主题的认识的深化过程。灵感是诗的受孕，是诗人对外界事物的一种无与伦比的协调和欢快的遇合。在诗中，诗人发挥丰富的联想，抓住 2006 年中国取消农业税这一焦点，使用震撼人心的大标题——"2006，中国的脐带断了"。没有想象就没有诗，由取消征收了 2600 年的农业税，诗人联想到农业税是一条"紧紧缠绕在中国母子脖子上/2600 多年的脐带"，这是诗人感情的升华，认识的扩展和深化；把取消农业税构思为脐带断了，这一新意象的涌现和意境的开拓，显示诗人驾驭时代题材的大手笔。

诗人李容焕的诗歌想象力丰富，其作品擅长使用联想手法进行抒情。诗歌是以抒发真实的、强烈的、带有普遍性的情感为其主要特征，即抒情。李容焕的《春光曲》，无疑就是抒情作品中的一首闪光之作：

春光是冰雪融化时的一声脆响
春光是柳树新枝上的一抹新绿
春光是奶奶手镯上七彩的炫耀
春光是孩子们装进压岁钱的新衣

春光闪动在春联贴墙的一刻
春光跃动在少女怀春的一瞬
春光由雏燕从冬的尽头衔来
春光由牛犊从耕耘的脚下走来

春光由春笋从泥土深处凸出来
春光由春妹子从浣衣时蹦出来
春光担在阿爸送肥下田的粪筐上
春光握在阿哥播撒种子的手心里

春光藏在阿妹上学路上的书包内
春光贴在打工族上班的脸颊上
春光挂在新战士训练的刺刀尖
春光跳上了诗人意境的琴键……

　　《春光曲》全诗四段十六行，通过递进的连环，诗人淋漓尽致地抒发
了"春光"在心中的"臆想"，将人们日常目睹的普遍现象，通过自己的
丰富情感，抒发出"春光"就是"冰雪融化时的一声脆响""柳树新枝上
的一抹新绿"，"春光"更是"播撒种子"的希望、"上学路上"的快乐，
它写意地"贴在打工族上班的脸颊上"。

　　诗人是憧憬幸福的创造者、歌唱者和传递者。在当今诗坛，题为"传
说"的诗歌可能无数，但能广泛流传，可再三品味的一定不多。笔者的拙
作抒情短诗《传说》，2006 年 9 月 23 日在当地媒体发表后，不久被《青年
文摘》在 2007 年第 1 期给予转载；《诗刊》2010 年第 1 期（上半月刊）
"爱情诗专辑"又选载了这首诗歌。《诗选刊》2018 年第 2 期，又再次选
载了这首诗歌。一些喜爱这首诗歌的读者将《传说》一诗收藏到自己的博
客里，该诗还入选《2010 中国诗歌选》（海风出版社）、《2009—2011 优秀
网络诗歌精粹》（中国戏剧出版社）等多种诗歌选本。现将拙诗呈上，诚
请读者朋友批评：

哪年哪月
那个桂子飘香的牵手晨曦
那个荷香渺渺桐油伞下的午后
那个花灯中烟火里的元宵
那个《石头记》里的西厢往事
那个死与生　又生与死
那个打不成又解不开的结

我是你前世的守望
无奈却让你化成了
石头　却望不到头
盼不了　望不见
在江边守望千年的一个传说

你是我无心却相遇
无缘　却千里寻觅
盼不了　望得见
化蝶双飞的前尘往事

刹那的思绪如电闪
现世的我
惊疑前世
一个个遥远的爱情传说

　　诗人刘洪希的诗歌《一只青蛙在城市里跳跃》，2001 年在诗歌民刊《打工诗人》首发后，2002 年 2 月被《北京文学》转载，并被选为南京师范大学 2005 年文学理论考研试题、首都师范大学 2005 年汉语言文学考研试题，全诗如下：

一只青蛙
身上流的是乡村的血
灵魂却在城市里
戴着镣铐跳舞

水泥地　楼宇森林　城市
站立在土地的沦陷之上
站立在一只青蛙痛苦的怀念之上
那微波荡漾的水呢
那草地　稻谷
和梦中的家园呢

从乡村到城市
如果注定这是一次艰难的过程
一只青蛙　千万只青蛙
情愿奉献一切
让热爱者的欢笑
建立在自己的血肉之上

九月的黄昏
我在城市的某一角落
看见一只青蛙
无家可归

　　在本文，笔者之所以一再选用中山诗人的诗歌，无非是想向读者阐述"中山诗群"是一个朝气蓬勃而务实的诗群。在现实生活中，虽然我们不能选择自己生活的时代，但是在某种程度上，我们可以选择自己的生活方式，作为诗人，我们更可以选择自己诗歌的表达方式。在新诗的发展长河里，"中山诗群"无疑是一滴不显眼的露珠，但我相信这滴露珠能折射出太阳的光辉。

六、展望

　　"中山诗群"以新锐的姿态出现在文学现场，向人们证明了这是一个朝气蓬勃、辛勤笔耕的群体，是一支充满希望、可以信赖的文学生力军。从"中山诗群"的近年发展历程我们可以看到，"中山诗群"的创作硕果累累，创作风格健康向上，勇于创新，影响力不断扩大。但我们亦应该清醒地看到，放眼全国，中山有影响力的诗人和作品还相对较少，中山诗歌的"城市风格"和"地域个性"也未完全形成。"中山诗群"作为群体要凸显中山地方的特色，要找到一种文化差异，中山诗人的触角还要更广一点；每一个诗人要增强学养，要形成一种文化的自觉，要逐渐形成自己的表达方式；与所有文艺形式一样，诗歌需要一种探索精神，创新是永恒的话题，诗歌要从广度、深度开掘。

有一种"隐忧"：近年来，中山文学队伍的青年作家和诗人好像少了些，"中山诗群"的发展似乎显出后继乏力的苗头。文学事业要靠一代又一代有激情有能力的创作者薪火传承，要靠一拨又一拨有理想有抱负的耕耘者继往开来。要把"中山诗群"真正地向全国进行推介，需要中山各级政府部门的热心扶持，文化部门需付出更多的艰辛和努力。"中山诗群"的繁荣和发展，呼唤更多中山诗人作家的成长，需要他们创作更多无愧于时代的优秀作品。人才辈出是中山文学事业繁荣兴旺的基本条件和重要保障。"中山诗群"要沉得住气，静得下心，潜心写作，砥砺前行。面对这个伟大的时代，诗人作家们要向社会、群众学习，不断增强历史使命感和责任感。我们相信，"中山诗群"定会不辱使命，自觉肩负起时代赋予的重任，定能走出"小天地"，走向"大世界"，创作出更多艺术性和思想性俱佳的精品佳作，为实现我们伟大的"中国梦"源源不断地输送"正能量"。

诗歌，是一座城市的光亮。对一个地方的认知，不应仅仅是对其地貌和经济的认识，而应是更深层次的对其历史和文化的认识和认可。2019 年6 月 30 日，中山市诗歌学会第三届理事会换届，新一届理事会希望通过选编《中山现代诗选（2000—2020 年）》，展现新世纪近二十年中山市新诗建设成绩，为中山文学沉淀优秀的诗歌精品。中山市诗歌学会理事会将编辑出版《中山现代诗选（2000—2020 年）》作为本届理事会的重大事项摆上议事日程。2019 年 8 月上旬，中山市诗歌学会在《中山日报》、"作家网"、"中诗网"等传媒上刊登了征稿启事，近半年时间，收到了诗歌来稿近千首。中山市诗歌学会从来稿中精挑细选，编辑成本诗选。

本书的出版问世，要感谢中山市委宣传部和中山市文联的大力支持。著名诗人、中山市政协原主席丘树宏先生，中山市委常委、市委宣传部部长林锐熙先生，中山市文联主席陈江梅女士，中山市文联常务副主席卢曙光先生，中山火炬开发区党工委委员邓文华先生对诗集的出版发行给予了亲切关怀，多次探望编辑人员，并给予指导和鼓励。中山市政协、中山市文联和中山火炬开发区宣传办对诗集的出版发行给予了大力资助。由于出版时间仓促，本书在选编过程中难免会有所错漏，也难免会挂一漏万，恳请谅解，同时欢迎广大读者及方家批评指正！

王晓波

2020 年 10 月 16 日于中山